COLLECTION FOLIO

Robert Mallet

Région inhabitée

Gallimard

Robert Mallet a mené de front deux carrières, littéraire et universitaire. Professeur de littérature française, premier doyen de la faculté des lettres de Madagascar, puis recteur de l'académie d'Amiens, il est nommé, après les événements de 1968, recteur de l'académie et chancelier des universités de Paris, fonctions qu'il a assumées pendant onze années. Parmi nombre d'activités culturelles, il a été président de l'Association des universités de langue française, président-fondateur du Mouvement universel de la responsabilité scientifique, et il est à la tête du Comité permanent des mondialistes de France.

Son œuvre littéraire, importante et variée, est faite d'essais, de pièces de théâtre, de romans, de recueils d'aphorismes et d'ouvrages poétiques qui lui ont valu plusieurs prix, notamment le prix de la Critique (*Une mort ambiguë*), le prix Pelman du Théâtre (*L'équipage au complet*), le Grand Prix du disque (*Entretiens avec Léautaud*), le Grand Prix de poésie de l'Académie française, le Grand Prix de la Société des poètes français (pour l'ensemble de son œuvre poétique) et le prix des Libraires (*Ellynn*, 1986).

La tente filtrait des lueurs saccadées et des chants qui semblaient accorder leurs éclats aux bonds de la flamme. Comme tous les soirs, les voix allaient décroître et s'éteindre en même temps que les feux. Villers voulut trouver le sommeil avant d'être condamné au noir, mais son esprit refusa d'obéir à la fatigue de son corps. Il entendit crépiter puis siffler les dernières braises. L'odeur de la fumée s'infiltrait jusqu'à lui, sucrée de parfums d'arbres en fleurs.

Incapable de dormir, il sortit de la tente et se rapprocha des porteurs dont les corps étendus faisaient cercle autour des foyers encore chauds. Il s'assit à côté d'un homme allongé sur le dos, les yeux fermés face au ciel. Avec un bâton, il remua les cendres, ravivant un tison enseveli qui éclaira quelques secondes le visage du dormeur et pâlit aussitôt, devint cendre à son tour. La nuit parut plus noire. Il sentit soudain à ses côtés la pression d'une chaleur, et l'une de ses mains fut soulevée par le museau de son chien qui, inquiet de l'absence du maître, se rassurait. Villers appuya les flancs de la bête contre ses jambes et la caressa, heureux de cette affection silencieuse. Puis il se leva, enjamba les corps et gagna l'une des extrémités de la clairière d'où il pouvait embrasser d'un seul regard l'ensemble du campement. Son chien le suivit, le nez dans ses pas. La toile de sa tente était cirée par le clair de lune, dominant de son pignon pointu le troupeau d'hommes couchés. Il imagina qu'il était extérieur à ce spectacle et le découvrait au milieu de la forêt. Je me disais : « Qui donc peut habiter cette tente? Où peuvent bien aller ces hommes? » Il s'entendit répondre à haute voix : « Vers une certitude. » Il ajouta, posant la main sur le chien : « Tu entends, Spot, vers une certitude. » Il se mit à rire. Et se tut très vite. Il ne fait jamais bon rire quand on est seul et qu'on s'écoute. L'animal ne peut que vous accompagner dans la solitude. Villers ne l'ignorait pas. Il alla se coucher par raison, s'endormit avec peine, et se réveilla quand il faisait déjà grand jour. Les porteurs étaient prêts à se mettre en route, sauf deux dont les bagages gisaient dans l'herbe.

— Où sont-ils? demanda Villers à l'interprète.

— Partis, répondit l'homme en baissant la tête.

— Partis où?

— Moi sais pas. Partis.

— Partis quand?

— Pendant la nuit.

— Pourquoi?

— Moi sais pas.

Anako l'interprète le savait tout comme Villers : l'exploration durait depuis trop longtemps, la marche était fatigante, la nourriture mauvaise.

— Eh bien, fit Villers d'un air dégagé, nous aurons davantage à manger.

Il pensa aussitôt, sans le dire : « Nous aurons aussi davantage à porter. » Mais le problème se posa autrement : les hommes refusèrent de se charger des bagages abandonnés. Il fallut choisir ce qu'on emporterait. Villers cacha dans l'anfractuosité d'un rocher deux caisses pleines d'ustensiles qu'il sacrifiait, avec l'espoir de les récupérer un jour. Il se chargea lui-même d'une sacoche supplémentaire et, après avoir fait le point sur la carte, il désigna au chef la direction à prendre. Les six hommes s'enfoncèrent dans une végétation qui d'heure en heure devenait plus dense et ralentissait la marche. Il fallait presque tout le temps se servir de la hachette pour se frayer un passage à travers les branches rigides. Ce n'était pas le règne tropical des grands arbres enveloppés de lianes touffues qui retombent en cascades sur un fouillis de plantes géantes. Ce n'était pas une profusion de tiges rampantes et grimpantes mêlées au lacis des liens aériens avec cette verte obscurité où l'on se sent happé, étouffé, englouti. C'était une forêt où chaque arbre, chaque buisson avait son autonomie, où le ciel s'infiltrait comme pour mieux faire ressortir sur sa lumière l'agressivité des moindres rameaux. On n'y était pas menacé par des lassos mais par des dards; on n'y craignait pas les ténèbres et leurs pièges, mais les guet-apens du soleil qui jouait sur tous ces troncs hérissés de pointes, sur toutes ces tiges criblées d'échardes dont les éclats luisants et les ombres vives se confondaient avec les stries de clarté et les branches ombreuses. On marchait dans un clair-obscur sans savoir de l'obscur ou du clair quel était le plus dangereux. Et le danger venait de partout : de cette petite touffe en velours gris aux apparences innocentes qui résistait sous votre pied comme une floraison de corail en vous ensanglantant, de ce fût qu'on aurait dit lisse mais que d'innombrables aiguillons tapissaient pour s'incruster dans la main ou le dos trop confiants, de ces rubans velus accrochés à un tronc en forme de bouteille qui projetaient une liqueur venimeuse sur le visage inattentif.

Villers portait un blouson, il était ganté, chaussé de cuir, coiffé d'un chapeau de toile : bien protégé. Ses hommes, tête, torse et pieds nus, semblaient devoir risquer à chaque pas écorchures ou coupures. Ils avançaient pourtant sans hésiter. Leurs yeux discernaient du premier coup le danger et leurs corps découvraient d'instinct le bon passage. On les voyait se courber, poser les perches et les colis, s'aplatir, se couler sous les branches comme de souples animaux sûrs de leur flair, puis reprendre leurs fardeaux. Spot était moins à son aise qu'eux. Il haletait, museau baissé, flancs rétrécis. On l'entendit pousser un cri. Il venait de se piquer le dessous d'une patte à une sorte d'oursin gris-bleu bardé d'aiguilles. Villers se pencha vers lui, essaya d'arracher la pointe, mais elle se cassa dans la peau. Et le chien suivit le convoi en boitillant.

La marche avait été particulièrement rude. Le terrain sablonneux plaisait à la végétation et la rendait plus touffue, plus hostile qu'ailleurs. Il fallut s'arrêter avant l'heure normale, celle où le soleil au zénith inonde la forêt, quand les ombres sont chaudes comme les coins obscurs des cheminées que les feux rendent brûlants sans les toucher. Les hommes s'installèrent sous un bouquet de gigantesques cactées dont les extrémités projetaient vers le ciel les lanières d'un martinet échevelé. Villers s'allongea et caressa Spot qui s'étirait contre lui en gémissant. Son regard encadra des branches grises couvertes de pustules vert clair : elles s'embrouillaient, se confondaient les unes dans les autres et le soleil les faisait étinceler sous la couche de cire destinée à les empêcher de s'évaporer.

« Elles se dessèchent moins vite, pensa Villers, mais comment s'humectent-elles? » Elles avaient leur secret sûrement, un fameux secret que le cœur humain aurait bien voulu connaître. Villers songea à sa façon d'aimer, à cette fidélité qui, en le protégeant de l'évaporation, avait dû le priver de tant de pénétrantes nouveautés. Puis il ne fut plus qu'un regard et compara le fouillis des branches aériennes à un enchevêtrement de tiges de métal. Il comprenait comment un avion militaire avait pu se perdre corps et biens dans ce hérissement végétal métallisé par le soleil. Et il évoquait la sensation qu'il avait éprouvée un mois plus tôt lorsque, survolant la forêt, il avait évité de justesse un plaquage au sol grâce au réflexe du pilote qui avait fait basculer l'appareil sur le côté pour ne plus donner prise au souffle descendant. Il s'était dit alors : « On ne nous retrouvera jamais. » Deux jours de suite, il avait ratissé par le ciel ce territoire boisé aussi grand que deux départements français pour tâcher d'y déceler des traces d'habitat. Dans une clairière, au plus inaccessible de la forêt, il avait aperçu quelques hommes qui, sans doute effrayés par le passage de l'avion, avaient couru comme des bêtes vers les couverts. Il lui avait semblé discerner des petits tas de fagots : peut-être des huttes. Mais impossible de fixer avec précision cet endroit sur la carte. Il l'avait situé approximativement au milieu de l'énorme tache verte sur laquelle s'étalait la mention : *Région inhabitée*, et s'était efforcé de noter la structure du relief. Au retour de ce voyage aérien, il avait fait état de ses observations. « Ne confondez pas un groupe de transhumants avec des sédentaires inconnus », lui avait dit en haussant les épaules le directeur du Centre de Recherches qui lui avait refusé les crédits de mission « pour des raisons d'élémentaire bon sens ».

Villers se rappela avec plaisir la tête de son supérieur lorsqu'il avait répondu : « Bien. Je ferai l'exploration à mes frais pendant mon congé. » Ses camarades lui avaient prodigué de spectaculaires encouragements et des sarcasmes secrets. Les ethnologues souhaitaient qu'il ne trouvât rien pour ne pas être éclipsés par sa découverte, les autres chercheurs qui se désintéressaient de l'entreprise se moqueraient de lui s'il échouait. De toute façon, qu'il réussît ou non, il aurait investi dans cette aventure dix ans d'économies, et bien davantage : sa réputation.

Les porteurs épuisés somnolaient. Spot léchait sa patte blessée. Entre les branches gris-bleu scintillait un bleu profond. Les arbres semblaient prendre rameaux, comme ils prennent racines, dans un ciel qui les colorait. La marche durait depuis plus d'une semaine. Villers avait recruté ses neuf porteurs dans le dernier village qu'il avait rencontré : de solides jeunes gens auxquels s'était joint sans qu'il l'eût désigné un homme malingre d'une soixantaine d'années qui paraissait tituber par manque de force. Villers l'avait écarté, mais il s'était imposé sous les quolibets des villageois :

« Il veut des sous, avait expliqué Anako. Il est vieux, alors il ne demande pas autant. » Villers, apitoyé, lui aurait volontiers attribué le même tarif qu'aux autres, mais comme c'était l'interprète qui distribuait l'argent, il avait dû admettre de lui donner beaucoup moins qu'aux jeunes gens. L'inégalité de paiement pour ces hommes simples était justice, mais non l'inégalité de poids. Villers avait essayé de rétablir l'équilibre en évitant au vieux de porter les perches sur lesquelles étaient fixés les bidons d'eau, et les plus lourds bagages. Il lui avait confié sa caméra et son équipement de photographe. Le chef de village, qui avait fait fonction de sergent recruteur, s'était incorporé d'office. En sa qualité de notable, il avait exigé d'être payé plus et de porter moins que tous les autres. Il tenait sa sagaie à la main, et il avait mis en bandoulière la sacoche de cuir qui contenait les cahiers et les notes de Villers, une telle charge lui ayant seule paru compatible avec sa dignité.

Villers n'avait pas de sympathie pour cet homme intéressé, orgueilleux mais sans courage, qui, déjà trois fois, lui avait fait dire par Anako : « Si le Blanc veut continuer à marcher, il faut qu'il paie davantage. » Et il avait été obligé d'augmenter la solde de tous les hommes. C'était aussi sur les instances du chef que le portage avait été rétribué quotidiennement, en sorte que les abandons étaient un danger chaque jour accru. Villers se demandait ce qu'il adviendrait de lui si, un matin, il se réveillait seul.

« Non. Ils ne m'abandonneront pas tous. Anako est sûr. C'est la troisième fois que je l'emmène en mission. Tsivoloa aussi. Quand j'ai soigné sa mère, il m'a baisé la main en me disant : « Je suis ton frère. » Et le plus vieux, je peux compter sur lui : il n'aurait pas la force de regagner seul son village et les autres ne voudraient pas s'embarrasser de lui. »

Villers songea à Spot qui le suivrait jusqu'au bout. Mais le pauvre semblait très mal en point. Il haletait, couché sur le flanc. Sa patte blessée avait enflé. Villers voulut nettoyer la plaie, le chien hurla et ne se laissa pas soigner. L'interprète s'approcha : les porteurs disaient que le chien avait été piqué par une épine empoisonnée.

On mangea la ration de riz journalière, en y ajoutant un peu de viande de pintade. Chacun n'eut à boire qu'un verre d'eau. La provision s'épuisait. Il fallait être très parcimonieux en attendant d'avoir atteint la zone de la forêt où les failles repérées d'avion prouvaient par leur éclatante verdure qu'elles cachaient des ruissellements. La tente de Villers fut montée. Il y porta Spot dont le corps était secoué de grands tremblements. L'interprète vint le voir, flanqué du chef qui exigeait de se faire entendre.

Il dit : « Les ancêtres pas contents. Le chien a mal pour ça. Nous vouloir rentrer. »

Villers pensa que de tels propos allaient s'accompagner d'une nouvelle demande d'augmentation. Mais c'était plus grave, le chef avait peur réellement. Villers lui fit répondre qu'il aviserait le lendemain matin. Il cherchait à gagner du temps. Le soir, il veilla Spot qui continuait à trembler de fièvre. L'enflure de la patte avait envahi la cuisse. Le cou aussi était gonflé. Villers caressait la bête à demi inconsciente, tout en écoutant les mélopées des porteurs, plus sourdes que d'habitude. Que pouvaient dire les hommes? Il eut recours à Anako pour le savoir. Le chanteur inventait :

La forêt est grande, grande.

Les autres reprenaient sur le même ton, mais avec un rythme plus rapide :

La forêt est grande, grande
Jamais personne n'est allé jusqu'au bout
Que va chercher le Blanc dans la forêt?
Dans la forêt personne n'habite
Sauf les âmes des ancêtres
Qui ne veulent pas qu'on les dérange.
Si les ancêtres sont dérangés
Ils font mourir les voyageurs.
La forêt est grande, grande
Jamais personne n'est allé jusqu'au bout.

Ainsi se bouclait l'improvisation qui pendant une heure ne varia pas. Villers s'endormit une main appuyée contre Spot. Au réveil il n'avait plus à ses côtés qu'un cadavre de chien, lèvres retroussées sur des crocs serrés. Les porteurs, à la vue du corps inerte, eurent un mouvement d'effroi. Les ancêtres avaient signifié leur interdiction. Villers enterra lui-même la bête, et recouvrit le sable remué d'une grosse pierre plate. Il ne voulait pas se laisser aller à l'attendrissement. Il avait besoin de tout son sang-froid pour convaincre les hommes de continuer la marche en avant. Le chef lança l'offensive : il fallait rebrousser chemin. Villers crut bon de se montrer ferme, mais très vite il dut en rabattre, car son interlocuteur ne l'écoutait plus, la fureur le rendait buté et arrogant. Les porteurs s'étaient placés derrière lui. Il parlait pour eux. L'interprète traduisait :

— Nous voulons rentrer. Même si le Blanc continue à marcher, nous rentrerons. Il doit nous payer pour le retour autant qu'il nous a payés jusqu'à présent.

Villers voulut s'assurer que tous ne l'abandonneraient pas et d'abord l'interprète. Mais il pensa qu'avant de poser la question de confiance, il était sage de faire tout ce qu'il fallait pour que la réponse fût favorable. Il expliqua avec fermeté à l'interprète que ceux qui rentreraient toucheraient moitié moins qu'à l'aller et que les autres recevraient en récompense de leur fidélité la somme qu'il refusait de verser aux partants. Il ajouta que l'interprète aurait une gratification personnelle supplémentaire. Anako hocha la tête et parla longuement au chef et aux porteurs qui engagèrent entre eux la discussion. Villers s'assit à l'écart avec le sentiment que maintenant les choses ne dépendaient plus de lui.

Anako le rejoignit au bout d'un quart d'heure. Le chef et quatre porteurs les quittaient en acceptant le paiement de moitié. Continuaient la route : lui Anako, Tsivoloa le vieux, et un autre porteur. La partie était gagnée. Mieux valait ne pas chercher à savoir les raisons de la fidélité de chacun.

Quand le chef et les porteurs qui voulaient rentrer eurent été payés, Villers leur fit remettre un bidon d'eau qu'ils n'avaient pas songé à demander. Ils le prirent sans rien exprimer, et silencieux, à la suite du chef qui n'avait pas prononcé un mot d'adieu, ils s'enfoncèrent dans la forêt en tournant le dos à la direction que devaient prendre un peu plus tard Villers et les autres.

A l'extrémité de gigantesques cigares en peau

de crocodile poilue jaillissaient de petites ramifications sans feuilles, semblables à des bras atrophiés, d'énormes épis barbelés oscillaient au bout de tiges rectilignes recouvertes de cire craquelée, des troncs dénudés et turbinés montaient en vrille comme pour percer le ciel; de larges disques criblés de pastilles poisseuses donnaient naissance en leur centre à des sarments noueux qui tenaient en l'air à la façon de la corde des fakirs. Et tous ces arbres s'érigeaient, sinuaient, fusaient à travers le lacis griffu d'autres arbres eux-mêmes assiégés d'arbustes aiguilleux. Les clairières attiraient. On les croyait répit. Elles n'étaient que déception, nouveau danger. Leur sol était tapissé de cactées-serpents aux squames aiguisées, d'euphorbes-hérissons, de couronnes crochues et de boules dentées.

Villers ne s'étonnait pas. Il se méfiait. Le merveilleux ne touche plus lorsqu'il est un péril. Dans le choix des bagages, les bidons d'eau avaient eu la préférence avec le matériel technique. La carabine et quelques paquets de cartouches pouvaient justifier l'abandon de trois caisses de provisions. Et le sac de couchage suffirait aux nuits de Villers. Les quatre porteurs progressaient lentement. Courbés en avant, ils regardaient sans cesse le sol. La mort du chien les accompagnait.

Il fallait souvent s'arrêter pour reprendre souffle. Après six heures de marche, la colonne avait parcouru moins de six kilomètres. Villers fixa le campement dans une clairière où n'avaient essaimé que les euphorbes rampantes et les cactées en boule. A la hachette, on arracha quelques plants afin que chacun pût trouver la place de son corps allongé. Villers s'écarta du groupe avec sa carabine. Ce secteur de la forêt était trop sec. Il ne débusqua aucune pintade, aucun perroquet. Tout juste put-il tirer un vautour famélique qui planait au-dessus d'une chauve-souris aussi grosse que lui, endormie tête en bas sur un arbre. La chauve-souris, réveillée par la détonation, s'envola. Il la tua aussi. Les hommes la firent cuire et la mangèrent en même temps que le vautour. Villers, pour donner le bon exemple, renonça à s'offrir une boîte de conserves. Il mâcha la viande coriace, un peu amère de l'oiseau de proie. Il ne put goûter à la chauve-souris.

Si ses calculs étaient exacts, il devait être tout près de la région où, d'avion, il avait découvert les cratères verdoyants qui laissaient présager les sources. Il pensait que c'était seulement dans les parages de ces failles que pouvaient vivre les éventuels habitants de la forêt. Mais aurait-il assez d'eau pour les atteindre car il fallait laisser intacte la quantité nécessaire au retour? Si sa vie seule avait été engagée, il aurait choisi d'instinct la solution du risque. Mais il avait charge des hommes demeurés avec lui, et d'autant plus impérativement que ceux-là ne discuteraient plus ses ordres. Il demanda à l'interprète :

— Anako, tu as bien entendu parler de sources au milieu de la forêt?

Anako hocha affirmativement la tête de bas en haut avec un petit son guttural decrescendo :

— As-tu vu des hommes qui venaient y boire?

— Heu...

— Et qui n'habitaient ni ton village, ni les villages voisins?

— Heu...

— Ils ont donné leur miel pour avoir d'autres choses? Et ils sont rentrés ensuite dans la forêt?

— Heu...

— Ils parlent quelle langue?

— J'ai déjà dit à toi : ils parlent un peu comme chez nous, mais pas pareil.

— Tu ne leur as pas demandé d'où ils venaient?

— Ils n'auraient pas répondu, si j'avais demandé.

— Tu penses qu'ils auraient peur qu'on aille chez eux?

— Peut-être.

Villers posait ces questions au moins pour la dixième fois à Anako qui, le premier, l'avait informé de l'existence des habitants de la forêt et lui avait donné sans le savoir l'idée de l'exploration. Il éprouvait soudain le besoin physique de se faire confirmer les raisons de sa présence là, comme si ses seules convictions ne lui suffisaient plus. Sa pensée suivait un cheminement précis, et sans doute tout ce qu'il venait de dire n'avait de sens que parce qu'il voulait en arriver à la question :

— Crois-tu qu'ils habitent toujours au même endroit?

— Moi sais pas.

Il imaginait ces hommes comme un gibier errant selon les ressources de la saison, et selon les dangers. Peut-être avertis de la venue des étrangers, s'enfuiraient-ils? Il n'y avait alors aucune chance de les rattraper. Il aurait fallu les cerner avec plusieurs colonnes. La région pouvait donc être habitée sans qu'on fût en mesure d'en fournir la preuve.

— Tu m'as bien dit qu'ils avaient rapporté des cuvettes?

— Heu...

— Et quoi d'autre?

— Pas autre chose.

Villers se plut à tirer de ce fait toutes les conclusions qui pouvaient lui être favorables : on ne s'intéresse à des cuvettes que lorsqu'on vit sédentairement, et ne s'intéresser qu'à elles laisse supposer que le problème de la conservation de l'eau est vital.

Les hommes avaient fini de manger. Ils entretenaient un feu de brindilles qui donnait plus de fumée que de flammes. Ils ne chantaient pas. Mais, recroquevillés sur eux-mêmes, ils ne songeaient pas encore à s'endormir. On aurait dit qu'ils prenaient conscience du départ de leurs camarades et qu'ils se sentaient soudain trop peu nombreux, vulnérables. L'un d'eux tenait à la main sa fronde. Villers lui fit demander pourquoi.

— Pour tuer les mauvais esprits, répondit-il.

Et il ajouta, sur un ton qui spontanément devenait celui de la mélopée :

J'ai entendu dans la forêt
J'ai entendu marcher les esprits
Qui nous veulent du mal.

Les autres hommes se redressèrent. Le chanteur continua :

Mais le chasseur avec sa fronde
N'a pas peur des mauvais esprits.

Trois voix reprirent en chœur :

N'a pas peur des mauvais esprits.
Le chasseur ne manque jamais ce qu'il vise,

poursuivit l'improvisateur.

La voix d'Anako s'ajouta aux autres :

Le chasseur ne manque jamais ce qu'il vise.

On se rassurait à plein gosier. Et les chants qui avaient hésité à naître retentirent longtemps dans la nuit. Les hommes y trouvaient protection comme ils faisaient auprès du feu. Villers, les yeux fixés sur le ciel qui clignotait à travers la résille des rameaux, recevait tous les bruits de l'ombre au-delà des voix, ces bruits que précisément les hommes voulaient étouffer en chantant. La forêt dans le noir vivait de frôlements, de froissements. Qu'était-ce? Présence d'insectes, d'oiseaux, de reptiles, feuilles éventées, branches crissantes?

Villers aurait aimé parler à quelqu'un, pour moins entendre, lui aussi, ces résonances qui ne lui donnaient rien à craindre physiquement mais provoquaient un malaise en son esprit : malaise de ne pas pouvoir définir le plus immédiat, le plus facile à extraire du mystère. Il ne suffisait pas que l'existence fût insondable, il fallait encore que mille manières d'exister fissent corps dans l'ombre, à portée de la main, avec la matière de l'invisible. Et ces hommes qui chantaient à quelques mètres de lui, pour conjurer leur peur, ces hommes liés à son sort, mais si mal assortis, disaient la fraternité qu'imposent les faits, non les cœurs, et la déchirante vérité de la solitude parmi de faux semblables.

Au petit jour, la marche reprit sans entrain à travers la végétation hérissée et compacte qui brusquement se clairsema. Après une longue montée, le sol avait changé. Ce n'était plus un sable argileux, mais de la pierraille. Ce fut bientôt un véritable dallage dont les fissures accueillaient les racines d'arbres torturés comme le sont les arbres japonais prisonniers de pots minuscules. Ces arbres avaient un tronc lisse et blanc et des rameaux érectiles faits de feuilles-épines verglacées qui, dans le vent, se frottaient les unes sur les autres avec le bruit métallique des ferblanteries d'arbre de Noël. Des coulées de gomme rouge enlaçaient de gros rameaux, descendaient jusqu'aux racines soulevées, et c'était comme l'affrontement de deux peuples de serpents.

Villers en déduisit qu'ils avaient dû atteindre le plateau calcaire dont les points d'effondrement expliquaient les crevasses humides vues d'avion. Ils marchèrent plusieurs heures encore sur cet immense pavé craquelé d'où émergeaient des candélabres contorsionnés. Le camp ne fut pas installé dans une clairière parce que la roche était brûlante, mais à l'abri de quelques frondaisons noueuses que leurs feuilles bilobées faisaient ressembler à des bois de cerf sur lesquels se seraient posés des vols de papillons. A la tombée de la nuit, un des porteurs poussa un cri, saisit sa fronde et visa devant lui. Villers, d'un saut, fut sur l'homme et lui rabattit le bras. Deux formes d'apparence humaine s'inscrivaient dans la pénombre à une cinquantaine de mètres. On entendit une sorte de glapissement, puis les formes disparurent. Les porteurs s'étaient rassemblés autour de Villers qui portait sa carabine. Ils avaient peur. Villers leur fit dire : « Ne bougez pas. J'y vais. » Il partit, son arme à la main, en direction du cri qui de nouveau retentissait. Les formes s'étaient perchées : deux singes au pelage beige accroupis dans la fourche d'un arbre, serrés l'un contre l'autre, regardaient Villers en roulant des yeux blancs au-dessus d'un museau noir. Le mâle protégeait sa femelle entre ses pattes refermées sur elle. Ils criaient pour faire fuir l'intrus mais ils ne cherchaient pas, eux, à se sauver. La curiosité les avait attirés là, et elle les y retenait. Villers les mit en joue pour voir leur réaction. Ils ne bronchèrent pas. S'ils ne craignaient pas les hommes, cela voulait-il dire qu'ils n'en avaient jamais vu, ou que les épargnaient ceux qu'ils rencontraient? En tout cas, leur présence semblait indiquer qu'un point d'eau n'était pas éloigné.

Villers expliqua aux porteurs de quoi il retournait. Les hommes rirent, et les bêtes, comme stimulées, glapirent un peu plus fort. Pendant le repas, elles se rapprochèrent silencieusement et s'installèrent sur un arbre qui dominait le camp; deux autres couples les imitèrent. On voyait, à travers les rameaux, les points lumineux de leurs yeux. Au cours de la nuit, les singes descendirent de leurs affûts et vinrent flairer les déchets de nourriture. Ils prirent les boîtes de conserves dans leurs petites mains, les portèrent à leur nez puis, déçus, les jetèrent par terre. Au bruit de ferraille sur le roc, tout le camp se réveilla. Un porteur eut un réflexe de peur, et d'une pierre de sa fronde abattit l'un des singes. Les autres s'enfuirent dans le noir.

Villers attrapa violemment l'homme qui avait tué et ne semblait pas comprendre la colère qu'il provoquait, pas plus que ses camarades ne parurent satisfaits de la décision du Blanc qui leur interdit d'emporter le singe pour le manger. Villers voulait leur signifier qu'il fallait respecter le corps d'un animal innocent. Il comprit à leurs réactions qu'il aurait dû faire passer leur innocence avant celle de la bête, et ne pas les priver d'une nourriture inespérée. Mais sous peine de perdre son autorité, il ne pouvait se déjuger, et maintint sa décision. Comme le terrain ne permettait pas d'enterrer la bête, une femelle aux flancs fécondés, il plaça la dépouille entre les racines d'un arbre avant de reprendre la marche. Un vautour, déjà, tournoyait au-dessus du camp. A quelques dizaines de mètres de là, les singes attendaient, juchés sur des branches, observateurs muets. Villers se dit que le mâle veuf devait être parmi eux. Il pressa le pas. Les porteurs se retournèrent plusieurs fois, comme s'ils craignaient d'être attaqués dans le dos. Mais les singes, au lieu de les suivre, repartirent vers la clairière. Villers imagina la découverte qu'ils allaient faire du cadavre, et il espéra lâchement que le vautour l'aurait déjà emporté. Il avait tendance à humaniser les réactions des animaux. Quand on se moquait de lui à ce propos, il répondait : « J'essaie de compenser : tant d'hommes traitent leurs semblables comme des bêtes. »

Pendant la marche, ce jour-là, ils entendirent jacasser des perroquets et rencontrèrent d'autres singes. « L'eau n'est pas loin », se disait Villers. Pourtant ils durent installer leur camp de nuit avant d'avoir rencontré une source. Un des porteurs s'était blessé au bras en tombant deux jours plus tôt, la plaie suppurait. Villers voulut la désinfecter à l'alcool. L'homme hurla, se débattit et se sauva. Villers lui fit expliquer tout ce qu'il risquait en ne se laissant pas soigner.

— Si tu sens le feu sur le bras, c'est que le feu mange ton mal.

L'homme écouta, d'abord crispé, puis tendit son bras. Lorsque l'alcool se répandit sur sa plaie, il eut un sursaut sans plus chercher à s'échapper. Le pansement terminé, il ne remercia pas Villers mais dit à ses camarades :

— Le chef est un bon sorcier.

Après le repas, les hommes chantèrent :

— Le chef a de l'eau de feu qui mange la maladie.

« Quelle confiance! » pensa Villers, puis : « Pourvu que demain l'homme ait moins mal, sinon mon prestige sera perdu. » Il savait combien la mort de Spot avait alarmé ces hommes qui croyaient en son pouvoir. Il pensa aussi : « J'aurais dû prévenir le blessé que l'alcool le brûlerait. Il ne faut pas surprendre les êtres par la douleur. » Mais il se souvint d'autres cas où, ayant pris la précaution de prévenir, les soins n'avaient pas été possibles.

Apprendre à user de la surprise et de la précaution. Comme en amour. Il en revenait toujours à l'amour et à ce qu'il avait éprouvé deux ans plus tôt quand il s'était décidé à rompre avec celle qu'il ne pouvait épouser. Comme elle avait dû souffrir en recevant sa lettre de rupture, inattendue ce jour-là, mais attendue dans le temps. « Je l'avais préparée, et pourtant elle a été surprise. Je m'étais préparé moi aussi à lui dire : « Surtout, ne me répondez pas. » Mais quelle peine lorsque j'ai reçu d'elle une lettre qui s'était croisée avec la mienne! Deux ans déjà... »

Villers, les yeux perdus dans un ciel qu'il ne regardait pas, évoqua les autres à qui il avait demandé la diversion. Il s'aperçut, une fois de plus, qu'il se souvenait mieux de leur corps que de leur visage. « Preuve que je ne les ai pas aimées... L'amour, c'est une figure reçue où se rassemble tout ce qu'on attend : une façon de penser, de sentir autant que de se donner avec les gestes des yeux, d'une bouche, liés à ceux d'un bras, d'une main ou d'une poitrine qui se soulève dans la peine et le plaisir. L'amour, c'est aussi une voix, capturée pour toujours, qui retentit en nous au-delà des apparences et peut provoquer plus de désirs qu'une caresse. Et il suffit de s'enfermer dans le silence pour y faire résonner le souvenir de la voix, il suffit de ce recours à une émotion passée pour s'émouvoir encore. Je ne me souviens plus de leur voix. Je ne distingue plus que leur silhouette. Je peux différencier celle-ci plus par la forme de ses seins que par la couleur de ses yeux. »

Villers était satisfait de telles constatations. Il n'avait pas trahi ce regard à la fois clair et brumeux, cette voix de la gorge étrangement fluide et charnelle qui avaient provoqué son appétit de vivre à deux avant de résumer si bien toutes les joies que lui donnaient une pensée et un corps confondus dans la même respiration. Il ne parvenait pas à s'endormir. Il ne voulait pas oublier. Mais il aurait voulu, se souvenant, être capable de ne pas s'attendrir sur lui comme il venait de le faire ce soir. Ce n'était pas la solitude qui lui pesait, c'était au contraire la présence de ces femmes avec lesquelles il n'avait pas le courage de se comporter, véridiquement, en solitaire désireux de le redevenir après avoir fait l'amour. La vie dans la brousse, « sur le terrain » selon la formule des ethnologues, l'avait toujours attiré parce qu'il s'y épuisait physiquement, protégé des tentations auxquelles il ne savait pas résister dans les villes. Chaque fois qu'il avait cédé, il s'en était trouvé non pas amoindri, mais sans profit, donc contrarié, car il prétendait qu'à trente-cinq ans on doit renoncer à tout ce qui n'enrichit pas. Restait à définir le mot richesse. Il avait une façon très personnelle d'éluder la définition pour se réserver le plus de possibilités. Il s'assit sur son sac de couchage et jeta un regard circulaire. La nuit devait être déjà très avancée, puisque du feu ne montait plus qu'un petit filet de fumée. « Il me faut ménager mes forces et dormir, se dit-il. Réussir cette expédition. Ne penser qu'à cela. Ne plus me souvenir. » Il eut envie de regarder l'heure à sa montre et s'en empêcha, épreuve de volonté qui s'accompagnait aussi du désir de s'illusionner sur la durée de sa nuit et, par conséquent, sur ses possibilités de repos. « Ignorer les raisons d'être fatigué supprime une fatigue supplémentaire », aimait à répéter un de ses amis médecin dont la lucidité l'avait plus d'une fois blessé.

« L'amour est une maladie », affirmait aussi cet homme cruel pour lui comme pour les autres. « Et tu sais, on en guérit toujours. » Ainsi sous les apparences du réconfort, prodiguait-il la désespérance. Villers évoqua son ami lointain. Une voix sourde et saccadée résonna en lui : « De nos jours, Roméo doit monter par l'escalier de service. » Il sourit. Quelle chance il avait, lui, de s'être enfui de ces maisons où les amants étaient contraints de prendre en cachette le chemin des fournisseurs! Et il s'endormit sur l'image d'une tente en forme de coquille d'escargot où pénétrait un homme seul qui se moquait de toutes les Juliette du monde.

Trois heures plus tard, au petit jour, il fut réveillé par les hommes qui ranimaient le feu et préparaient les bagages. Ils avaient droit à un fond de tasse d'eau qu'ils faisaient bouillir en y jetant des petits morceaux d'écorce. Villers aimait ce breuvage un peu amer qui laissait dans la bouche une sensation de fraîcheur résineuse. Il étala, comme chaque matin, la carte et y traça au crayon l'itinéraire de la veille. La « Région inhabitée » se situait au centre d'un énorme promontoire qui se détachait du continent sur la mer comme une langue assoiffée. Aucune baie le long de cette côte, aucune possibilité de mouillage, des centaines de kilomètres de plages coralliennes où venaient se briser de gigantesques rouleaux de vagues vertes. La région inhabitée était protégée sur trois faces par un espace vierge d'apparence innocente, mais ce vide immaculé recelait des courants et des hauts-fonds redoutés des navigateurs qui contournaient le promontoire à distance. N'abordaient au péril de leur vie que quelques piroguiers attirés là par des troupeaux de tortues sans méfiance. Personne ne pénétrait donc dans la forêt en venant de l'océan. La seule voie d'accès était celle qu'avait empruntée Villers qui se demandait s'il n'allait pas finir par déboucher sur la mer. Le tracé de son itinéraire était des plus approximatifs car la progression à travers les arbres, malgré la boussole, manquait de rigueur. De toute façon, ils ne devaient plus être très éloignés de la côte, et plus ils s'en rapprocheraient, moins ils auraient de chances de découvrir des points d'eau. Et pourtant Villers était sûr d'avoir repéré d'avion ces entonnoirs verdoyants où se révélait l'humidité. Qu'adviendrait-il d'eux s'ils atteignaient la mer sans avoir pu se ravitailler aux sources? Mieux valait n'y pas songer puisqu'il était trop tard maintenant pour rebrousser chemin avec une provision d'eau suffisante. La seule solution était de continuer à avancer en accentuant les crochets à gauche et à droite, afin de ne pas manquer les failles. La découverte des habitants viendrait après... Les alpinistes connaissent cela : on renonce au sommet pour trouver refuge sur une plate-forme, et bien aise sera-t-on de pouvoir redescendre.

Villers replia la carte sans que rien sur son visage ou dans ses gestes pût laisser transparaître son inquiétude. L'interprète lui demanda :

— Alors, tu penses qu'on va trouver de l'eau?

Le ton de la question était neutre, détaché, respectueux. Mais Villers savait tout ce qui s'y cachait. Dès qu'Anako eut transmis aux porteurs sa réponse : « Je suis sûr que l'eau n'est pas loin », les hommes commentèrent la phrase avec volubilité. Villers préféra ne pas se faire traduire leurs propos. Il eut un sourire malgré l'inconfort de la situation. Christophe Colomb soumis au bon vouloir ou à la crédulité de son équipage, voilà ce qu'il était. La comparaison ne lui déplaisait pas. Et l'exemple ne pouvait que l'encourager à persévérer. Il fit un petit discours traduit phrase après phrase par Anako. Il expliqua aux porteurs qu'ils étaient au bout de leurs peines et qu'ils allaient bientôt pouvoir se reposer auprès d'un point d'eau. Il profita du plaisir avec lequel avait été accueillie cette certitude pour demander que la ration d'eau fût encore réduite, ce qui était tout à fait illogique, mais d'un psychologue. Puis il donna le signal de départ à la colonne, en lui fixant une direction nord-ouest. Vingt minutes plus tard, il l'orienta nord-est. Au bout d'une dizaine de kilomètres de marche, la pénétration en ligne droite n'atteignait pas cinq kilomètres. A chaque pause, les hommes parlaient entre eux, gesticulaient; visiblement, ils n'étaient pas contents. A la dernière, sous la grosse chaleur de midi, Villers crut percevoir dans le lointain un murmure qu'il n'aurait su définir, comme un pépiement confus, avec, par instants, des cris stridents amortis.

— Tu entends? dit-il à Anako.

— Oui.

— Qu'est-ce que c'est?

— Des oiseaux et des singes.

Villers eut un sursaut, son visage s'éclaira. Il dit qu'on installerait là le camp pour la nuit et qu'il allait chasser. Il partit aussitôt en compagnie de Tsivoloa, le plus jeune des porteurs. Les deux hommes se dirigèrent vers le bruit à travers les arbres et les buissons enracinés dans les craquelures de la dalle. C'était une succession d'espaces libres et de haies touffues qui ne permettaient pas de voir à cinquante mètres devant soi. Le bruit s'amplifiait très vite, et l'on ne découvrait toujours rien. Les jacassements et les caquetages accueillaient des roucoulements, se confondaient en un tapage de volière ponctué de grognements et dominé par des cris plus aigus, presque humains. Soudain, après avoir franchi un barrage d'épineux, Villers se trouva en surplomb d'un précipice d'où montait le vacarme. Il s'immobilisa et fit signe à son compagnon de rester silencieux. Le gouffre était circulaire, il avait la largeur de deux jets de sagaie au moins, sa profondeur n'était pas discernable. Un moutonnement de cimes d'arbres en garnissait le creux à une profondeur déjà assez grande pour donner le vertige, et c'était de ces rameaux que s'échappaient les bruits. Des chauves-souris géantes voletaient en zigzag d'un bord à l'autre de l'orifice. Leurs figures de ballet étaient traversées par les flèches de petits oiseaux bleus qui étincelaient dans le soleil. Tout le gouffre était éclairé, et la verdure resplendissait de fraîcheur vigoureuse; ne demeuraient dans l'ombre que les parois aussi verticales que celles d'un puits, avec quelques reliefs en forme de balcons. Et sur l'un de ces balcons ensoleillés, un singe se grattait. Il aperçut les hommes et poussa un cri. Ce fut comme s'il avait donné l'alarme. De l'épaisseur des frondaisons jaillirent des essaims de perroquets légers et bruyants mêlés à des pigeons silencieux, puis des compagnies de pintades lourdes qui ramaient difficilement de leurs ailes courtes dans un air où elles avançaient plus à la façon d'un troupeau que d'un vol. Et des dizaines de singes gris et fauves émergeant des cimes comme d'une mer d'écume bouclée se répandirent sur les parois, les escaladèrent et détalèrent à travers les buissons avec des vociférations aiguës. Le chapeau de l'illusionniste s'était vidé d'un seul coup.

Villers, oublieux de sa carabine, n'avait été qu'un regard fasciné. Il commença à contourner le gouffre et s'aperçut que l'une des faces de la muraille offrait une pente très raide faite d'éboulis qu'avec prudence on pouvait utiliser pour descendre. Il s'y engagea sur-le-champ. Bientôt il atteignit le niveau des rameaux et progressa dans une pénombre qui exhalait des odeurs d'humus délicieuses pour l'homme excédé de sécheresse. Son regard s'habitua à la demi-obscurité. Il discerna les troncs lisses et blancs aussi massifs que des piliers de basiliques qui projetaient vers la lumière des couronnes de feuillage portées par des charpentes musculeuses imbriquées, presque tressées les unes dans les autres, où les singes habitaient. Plus bas encore, il découvrit un second étage de ramures : l'épanouissement en ombrelles de fougères géantes sous lesquelles il continua à descendre et dont les tiges noires et rugueuses, grosses comme des troncs, s'enfonçaient dans un sol humide. Il avança sur une pente douce et découvrit une nappe d'eau que semblait avaler une grotte au point le plus profond de la faille. Il y trempa les mains. L'eau était glacée, mais si obscure que d'instinct il n'osa s'abreuver. Allongé, Tsivoloa, lui, baignait déjà son visage en buvant à pleines gorgées. Villers l'imita. Puis il s'assit et chercha, parmi tant de ténèbres, à percer les secrets du décor. Le lac restait une plaque grise sans remous, sans reflets. Il se perdait dans l'anfractuosité qui lui avait permis de se libérer de la nappe mère.

Son hémicycle cerné par les fûts des fougères et des arbres était une crypte aux voûtes luisantes où perlaient des sueurs de source. Le bruit des gouttelettes qui frappaient l'eau régulièrement faisait un fin pointillé sonore au milieu du noir silence des feuillages et des rochers. Villers rêvait face à la scène vide, mais ce fut dans son dos que le spectacle se déclencha. Un bruit de galop se fit entendre. Il se retourna en même temps que le porteur et vit apparaître une dizaine de masses qui couraient vers eux. D'un bond, il se leva, épaula sa carabine et visa les assaillants. Deux coups de feu claquèrent qui semblèrent faire éclater la roche et provoquèrent l'envol d'oiseaux de nuit. Les sangliers effrayés rebroussèrent chemin à travers les éboulis et grimpèrent aussi vite qu'ils étaient descendus. L'un d'eux, tué net, gisait sur le sol. Il était trop lourd pour que deux hommes pussent le porter. Son corps demeura donc dans la cave végétale tandis que remontait vers le jour son meurtrier, à la fois satisfait d'avoir procuré à ses compagnons une nourriture qu'ils aimaient, et triste d'avoir fait couler le sang aux lieux mêmes où, sans méfiance, tous les animaux venaient chercher la vie. « Et pourquoi pas les hommes? » se demandait-il. Il aurait fallu une lampe pour examiner l'humus en bordure de la nappe. Peut-être des traces de pieds y seraient-elles visibles.

Une heure plus tard, toute l'équipe descendait dans la faille. Villers la précédait. Il remarqua sur la terre détrempée, parmi les marques de sabot des phacochères, l'empreinte de pieds nus, mais c'étaient, à n'en pas douter, ceux de Tsivoloa. Les hommes, d'abord apeurés par le noir, manifestèrent leur joie lorsqu'ils découvrirent la source puis le corps du sanglier. Après avoir rempli d'eau les bidons, ils attachèrent l'animal à une perche et le remontèrent en chantant. Les accents gutturaux résonnaient dans le gouffre avec de brusques échos qui les projetaient, les émiettaient sur toutes les parois. Villers sentit le poids de sa carabine. Sans doute l'aurait-il trouvé plus léger s'il avait discerné au fond du gouffre des empreintes de pas humains.

Le lendemain, les porteurs qui avaient fait bombance et chanté jusqu'à l'aube n'étaient guère disposés à reprendre la marche. Villers n'essaya pas de les convaincre. Il se contenta de demander à l'un d'eux de l'accompagner jusqu'aux autres avens qui, d'après les vues aériennes, devaient être tout proches. Le vieux se proposa en même temps que Tsivoloa. Villers, cette fois, choisit le premier pour ne pas donner l'impression qu'il avait des préférences. Au bout de vingt minutes de marche, il atteignit un gouffre de la même importance que celui de la veille. Mais il n'en vit sortir qu'un couple de sangliers et quelques singes. L'explication se trouvait sur les corniches qui surplombaient le précipice : une colonie de vautours y avait construit ses nids. Il revint au camp en fin de matinée après avoir dénombré six avens que, le jour même, il entreprit d'explorer. Trois d'entre eux n'étaient pas accessibles : il aurait fallu des échelles de corde pour y descendre. Trois autres, au contraire, offraient une face effondrée. Aucun de ces avens n'était porté sur la carte qui, vert-gris en cette région, désignait une forêt sèche sans le moindre point d'eau. Villers, avec un crayon bleu, marqua l'emplacement approximatif des gouffres qu'il avait découverts. Oui, il pouvait employer ce mot. Il était à coup sûr le premier Blanc à avoir exploré ces failles où se révélait le cheminement des eaux du continent sous des masses de calcaire jusqu'alors impénétrées. Il aurait bien voulu ne pas être le premier homme à les avoir visitées puisque son ambition n'était pas de découvrir des avens mais des hommes qui auraient vécu dans leurs parages et grâce à eux.

Plutôt que de les numéroter, il se divertit à leur attribuer des noms. Le premier fut appelé « le chapeau magique », et les inaccessibles : « le gouffre aux vautours », « la faille du vertige », « le puits désert ». Aux trois autres avens où il avait pu descendre, il voulut donner des noms de personnes parce qu'ils étaient accueillants. Le nom qui s'imposa avant même qu'il en eût conscience fut celui de la femme qu'il avait aimée. Ce nom ne pouvait être que de douceur et d'accueil : « La source Hélène. » Restaient deux avens à baptiser. Il fut tenté de donner son prénom à la source la plus proche de la source Hélène. Il y renonça en se moquant de lui-même et de ses prétentions. Des noms de femmes qui avaient « existé » dans sa vie lui vinrent à l'esprit. Ce n'était pas très délicat à l'égard d'Hélène, mais cela pouvait passer pour une façon d'exorcisme. Il appela donc Corinne et Agathe les deux sources voisines, non sans se rendre compte qu'il avait choisi ces noms-là, plutôt que ces filles-là, de préférence à d'autres parce qu'ils sonnaient plus poétiquement. Ce fut à proximité de la source Hélène qu'il fixa le camp; elle se situait en effet au fond de l'aven le moins abrupt. Aucune trace de pied n'y pouvait être décelée pour la raison que la nappe d'eau n'était pas entourée de terre mais de cailloux et de rochers, ce qui la rendait plus claire que les autres.

Villers décida de passer quelques jours en ce lieu où l'eau et le gibier abondaient, avec l'espoir qu'y feraient leur apparition les habitants de la forêt. Bien que la saison des pluies fût encore éloignée, un orage s'amoncela en direction de l'océan. On vit dans un ciel limpide se former une colonne grise qui ressemblait à un entonnoir de plus en plus grand jusqu'à être gigantesque, jusqu'à cesser d'être visible, puisque l'on était capturé par sa base mouvante. Les eaux se ruèrent si fort sur les dalles que l'on eût dit un torrent. Sans autre protection que des petites toiles individuelles, Villers et ses hommes se préoccupèrent surtout de mettre à l'abri le matériel dans les caisses métalliques, puis, comme le vent soufflait en tornade, ils descendirent près de la source. Là, les arbres n'étaient agités d'aucun souffle, mais les cataractes crevaient le toit des feuilles. Une douche verticale s'ajoutait à l'irruption des ruissellements qui par l'éboulis se transformaient en cascades. Au fur et à mesure de la montée des eaux, les hommes gravissaient la pente, mais aux endroits abrupts, pour ne pas être bousculés par les courants. Quelques singes, mus par le même réflexe de défense, s'étaient réfugiés dans l'aven. Plus effrayés par la trombe que par les hommes, ils se serraient les uns contre les autres le long de la paroi en cachant leur museau dans la fourrure du voisin. Au bout de deux heures, pluie et vent cessèrent. Le soleil pompa goulûment l'eau sur les roches, les feuilles, les vêtements, si bien qu'en fin de journée tout était sec, mais s'humecta de nouveau d'une vapeur dont le couchant fit un brouillard d'incendie où les visages luisaient rose en s'estompant.

La nuit fut une étuve. On alluma pourtant des feux parce qu'il n'y a pas de nuit sans feu pour un cœur simple. Villers put ainsi choisir entre deux transpirations. Il préféra celle du foyer qui lui donnait l'illusion d'une logique et la certitude d'une compagnie dont il avait besoin.

Le danger de mourir de soif étant écarté, la vision de son échec reprenait le dessus. Il pourrait, certes, révéler aux géologues la présence des avens et les leur décrire. Il rapporterait des photos, un film et des notes. Mais il ne prouverait pas que la forêt était habitée. Et maintenant, il commençait à douter qu'elle le fût.

Il passerait en cet endroit quelques jours pour rayonner aux alentours. Puis il reviendrait. Le lendemain, il poussa droit devant lui avec deux hommes. Il atteignit une ligne de falaises qui dominait une plaine basse, et il vit le bleu vert de la mer battre d'un liséré blanc des dunes d'albâtre. Il regagna le camp. La forêt était traversée. Il en fut tout déçu. « Ainsi préférons-nous les risques du mystère aux évidences sans danger, mais plates. » Cette phrase un peu pédante, il la nota ce soir-là sur son carnet. Il ajouta : « J'aurais bien eu envie de me baigner. Mais je m'y suis refusé : je ne me suis pas donné tant de mal pour aboutir à ce petit plaisir-là. »

Les hommes, eux, chantèrent :

Nous avons traversé la forêt.
Le chef nous a menés jusqu'à la mer.
Il est plus fort que les esprits.
Nous avons de la viande à manger.

Nous avons de l'eau à boire
Et nous avons un feu pour la nuit
Nous reviendrons bientôt au village
Avec beaucoup d'argent.

Leurs chants étaient joyeux. Villers ne les supporta pas. Après s'être fait traduire, il dit à l'interprète : « Il faut qu'ils se taisent. Ici les esprits n'aiment pas qu'on chante. » Les hommes lui obéirent à la seconde. Il en fut tout étonné. Il n'avait pas encore pris l'habitude de cette complète soumission précédée ou suivie de révolte. Il nota encore : « Mentir à ceux qui ne croient pas qu'on peut mentir, est-ce encore un mensonge? », puis, un peu plus bas : « C'est deux fois mentir. » Les hommes demeurèrent muets. Mais Villers ne s'endormit que très tard, tenu en éveil cette fois-ci par leur silence.

Le camp avait été fixé sur une esplanade rocheuse que bornait un véritable mur d'épineux percé d'une coulée d'animaux. C'était comme un tunnel dont la voûte ne dépassait pas la hauteur d'un enfant. D'un côté il se perdait dans la forêt, de l'autre il se dirigeait vers l'aven. Au moment où les porteurs ranimaient le feu qui mêlait sa fumée aux derniers voiles de brouillard aspirés par le soleil, on entendit des craquements de branches sur la piste, en direction de la forêt. Villers chargea sa carabine, s'attendant à voir débûcher un sanglier, mais le bruit cessa. Quelques instants plus tard, il se transforma en un bruit plus léger qui décroissait. Villers, sans craindre de s'écorcher, fendit les épineux et s'avança à travers les fourrés. Il aperçut alors à une trentaine de mètres devant lui, sur la piste, deux corps courbés qui se sauvaient. Il accéléra le pas, courut, déchira ses vêtements et fut bientôt à quelques pas des fugitifs. Encore un effort, et il touchait du bras l'un d'eux, qui tomba sur le sol en tournant son visage vers lui. C'était une femme. Elle avait pris la position des bêtes pourchassées lorsque, attrapées à la course, elles n'ont plus d'autre ressource que de se rassembler sur elles-mêmes en faisant front. Villers voulut la rassurer, mais les mots qu'il prononça ne parurent que l'effrayer davantage. Alors, il appela l'interprète qui arriva lui-même craintivement, mais se rasséréna aussitôt à la vue de la femme, et lui parla avec brusquerie. Villers eut l'impression qu'elle comprenait, mais n'était guère plus rassurée. Il expliqua à Anako ce qu'il désirait faire entendre à la femme et lui enjoignit d'adoucir le ton :

— Nous ne te voulons pas de mal. Nous sommes des voyageurs qui cherchent leur chemin. Relève-toi. Tu n'as rien à craindre de nous. Que les bons esprits de la forêt te protègent comme ils nous protègent.

Anako parla posément. La femme se releva. Elle demeurait muette, les yeux baissés.

— Conduis-la au camp, dit Villers, ne la laisse pas se sauver, et envoie-moi tes camarades. Il faut retrouver l'autre.

Une battue s'organisa. Au bout de dix minutes, le second fugitif fut découvert couché sous un buisson de cactus, immobile comme une souche et pour ainsi dire de la même couleur qu'elle. C'était aussi une femme. Bientôt elle rejoignit la première au camp. Les quatre hommes les entourèrent et les détaillèrent avec la plus pesante des curiosités. Pour eux, elles étaient des captives avec tout ce que cela pouvait comporter d'intérêt viril. Les femmes devaient s'en apercevoir et le craindre, obéissant de l'autre bord aux mêmes réflexes ancestraux. Un porteur retrouva les courtes perches qu'elles avaient perdues en se sauvant. Une outre vide était accrochée à chaque extrémité. Elles venaient donc chercher de l'eau.

Villers ordonna aux hommes de s'asseoir pour donner une impression de détente aux femmes à qui il fit dire de les imiter. Les femmes s'accroupirent mais non pas comme on s'assied : comme on se met à genoux. Il les examina tandis qu'Anako traduisait ses propos :

— Nous venons en amis. Nous ne prendrons pas votre nourriture. Au contraire, nous vous donnerons à manger.

Les femmes ne bronchaient pas. Villers ouvrit une boîte de métal qui contenait du sucre et leur offrit un morceau. Elles détournèrent la tête.

— Dis-leur que c'est bon et que si l'on en mange, on se sent plus fort.

Elles continuèrent à refuser. Alors Villers prit un morceau, donna l'autre à l'interprète et chacun le mit dans sa bouche où il craqua. Les femmes, curieuses, les regardèrent. Quelques minutes passèrent. Villers leur tendit de nouveau du sucre. Elles le saisirent et timidement le portèrent à leurs lèvres, le léchèrent puis, ensemble, le croquèrent. Pour la première fois un sourire apparut sur leurs visages.

Agées de vingt à vingt-cinq ans, elles étaient toutes les deux vêtues d'une sorte de toile de jute qui les serrait à la taille et remontait jusqu'aux seins, non pour les cacher mais pour les maintenir dans la marche. Leurs peaux étaient d'ambre foncé, leurs cheveux bouclés et tressés. Un nez plutôt court, charnu, sans être épaté, des pommettes saillantes, des yeux grands, très ovales, une bouche épaisse mais sans bestialité rendaient leurs visages sympathiquement matériels. Elles étaient de taille moyenne, bien proportionnées, avec des jambes et des bras musclés, des épaules bien modelées.

Plus robustes que les femmes des populations connues, de peau moins foncée, elles avaient quelque chose d'élancé qui, certes, ne caractérisait pas les autres villageoises. La légende voulait que les habitants de la forêt fussent des pygmées, et par là même, d'une race différente. Villers commença par être déçu à la vue de ces femmes somme toute très normales, puis il les considéra avec la satisfaction de l'esthète qui découvre des êtres harmonieux. Que les évolués pussent se faire comprendre des habitants de la forêt, cela aussi avait de quoi le décevoir. Mais ses relations avec la tribu en seraient facilitées, et la langue découverte serait sûrement assez différenciée pour que son étude fût une révélation.

La coiffure des deux femmes était très particulière. Plusieurs petites tresses réunies au sommet de la tête faisaient comme un coussinet, et deux grosses tresses pendaient sur la nuque, avec, à leurs pointes, des rondelles de nacre. Entre les seins de l'une des femmes on pouvait voir une cicatrice rituelle en forme de croissant de lune, et le collier que portait l'autre se composait de dents de sangliers et de vertèbres de poissons. Quant aux outres, elles étaient d'une peau noire peinte de cercles rouges. Tous ces détails, inconnus de lui, prouvaient à Villers qu'il allait se trouver en présence d'une population, sinon d'une autre origine, du moins de mœurs très différentes de celles du continent. Il fallait maintenant savoir le lieu d'habitation de ces femmes.

— D'où venez-vous?

Elles détournèrent leur regard.

— Répondez-nous. Nous ne voulons vous faire que du bien. D'où venez-vous?

L'une d'elles, d'un geste du bras, montra le sentier en direction de la forêt. Villers désirait savoir si elles étaient sédentaires ou nomades.

— Vivez-vous toujours au même endroit?

Aucune réponse. Visiblement, les femmes ne comprenaient pas ce que signifiait une telle question. Villers eut soudain conscience de l'inutilité de cet interrogatoire que justifiait seulement son impatience. Le plus simple était de suivre les femmes lorsqu'elles repartiraient. Il leur fit donner quelques biscuits qu'elles prirent sans réticence et mangèrent avec lenteur. Puis l'interprète leur dit qu'elles étaient « libres », qu'on n'avait plus rien à leur demander. Elles se levèrent, prirent leurs perches, leurs outres et descendirent dans l'aven. Quand elles en remontèrent, la colonne était prête au départ. Les femmes s'engagèrent dans le sentier. Villers leur emboîta le pas, assez loin pour ne pas leur donner l'impression d'être poursuivies, assez près pour qu'on ne les perdît pas de vue. Elles se retournèrent plusieurs fois. Au bout d'une heure de marche, elles s'arrêtèrent, fatiguées sans doute. Villers les rejoignit avec l'interprète, leur offrit de l'eau sucrée. Elles refusèrent de boire.

— Combien de temps avant d'arriver au village?

Elles baissèrent la tête sans répondre. A deux reprises, elles s'arrêtèrent encore.

La marche avait déjà duré deux heures lorsque le sentier devint plus large, parut plus fréquenté. Soudain, de l'autre côté d'un rideau de ronces arborescentes, il déboucha sur un vaste espace plat et sablonneux où se dressaient des apparences de tas de fagots — une cinquantaine, pas davantage — qu'ombrageaient d'énormes euphorbes en forme de poteaux chevelus. Villers donna l'ordre à ses hommes de s'arrêter pour que les porteuses d'eau fissent seules leur entrée dans le village. Ainsi les habitants prévenus seraient moins apeurés. Quelques foyers encadrés de pierres fumaient. Des chèvres et des pintades circulaient entre les tas de fagots. Villers s'avança vers une hutte en compagnie d'Anako, à qui il demanda de prendre contact avec les habitants. Mais la hutte sans porte était vide. En approchant de la case voisine, on entendit des bruits de voix étouffées à l'intérieur. L'interprète ne mettait aucun empressement à s'informer. Villers dut presque le pousser contre ce qui devait en être la porte : une carapace de tortue géante qui bouchait la seule ouverture. Il frappa contre l'écaille. Un silence complet se fit dans la case. Alors Villers dit à Anako de prononcer les paroles de salut du voyageur qui vient demander asile. Le spectacle était étrange de ces deux hommes debout devant une hutte de branchages, et dont l'un s'adressait en termes lents et solennels apparemment à une tortue sentinelle. Plusieurs minutes s'écoulèrent. Les paroles furent répétées sans que l'on réagît dans la case. L'interprète refusa de déplacer la carapace et dit :

— Il ne faut jamais entrer de force chez l'étranger.

Villers n'insista pas. Il appela les porteurs et voulut faire installer le camp au centre de la clairière. Les hommes rechignèrent. Anako traduisit leurs pensées :

— On ne peut pas passer la nuit chez celui qui n'a pas offert les cadeaux de l'hospitalité.

Villers leur fit répondre :

— C'est l'heure du soleil fou, à l'heure du soleil calme nous aurons reçu les cadeaux. Les esprits me l'ont dit.

On disposa les bagages avec ordre. On ouvrit les caisses de provisions, et l'on alluma un foyer. Ce que Villers avait prévu se produisit. Les carapaces de tortue bougèrent et bientôt se révélèrent des visages de plus en plus curieux, de plus en plus audacieux, puis des bustes. Il dit alors à Anako d'annoncer à très haute voix que les voyageurs demandaient accueil dans le village et saluaient les habitants auxquels ils ne voulaient que du bien.

Un homme fit son apparition et gagna une case d'où il ressortit bientôt en compagnie d'un autre homme. Ils s'approchèrent ensemble de Villers, s'inclinèrent très bas et posèrent par terre, à ses pieds, une pintade dont les pattes étaient liées, et quatre œufs. L'un d'eux parla. L'interprète lui fit répéter. Le chef disait la bienvenue aux étrangers et demandait au Blanc d'où ils venaient et pourquoi ils venaient. Villers, après avoir remercié, expliqua qu'ils étaient partis d'un pays en dehors de la forêt pour (il hésita avant de trouver une raison acceptable par les habitants du village, et préféra mentir plutôt que de les inquiéter), pour trouver le chemin de la mer.

Le chef demanda aussitôt :

— Que cherche le Blanc en allant à la mer?

Villers comprit qu'il ne fallait pas parler des tortues, l'une des sources de vie de la population. Il répondit :

— Je cherche des coquillages.

Le chef hocha la tête. Pendant l'entretien, une vingtaine d'habitants s'étaient rassemblés autour de lui : quelques femmes, des hommes âgés, et des enfants. Les autres, moins audacieux, s'offraient le spectacle du seuil de leur hutte. Les femmes avaient des pagnes qui les vêtaient des cuisses aux seins découverts, les hommes une sorte de ceinture à double pan, les enfants étaient nus. Tous ces gens portaient bien leur maigreur avec des visages rudes mais ouverts. Aucun d'eux ne parlait. Villers distribua du sucre, non sans avoir commencé par en manger devant eux. Ils croquèrent leurs morceaux avec d'évidentes expressions de contentement.

Le soir, à l'heure du repas, quand sur le feu rôtissait le sanglier qu'on avait tué la veille et que les porteurs étaient allés rechercher dans l'aven où on l'avait accroché à un arbre, enveloppé de branchages pour le protéger des vautours; quand les odeurs de la viande épicée se répandirent à travers la nuit, en même temps que de hautes flammes qui dansaient avec les cuisiniers, presque tous les habitants du village firent cercle autour de Villers et de ses hommes. Ils s'étaient assis, tassés les uns contre les autres. Parfois l'un d'eux ponctuait d'une phrase le geste d'un étranger qui devait l'étonner. Et des rires se propageaient en chaîne. Ce n'étaient pas ceux d'adultes moqueurs, mais d'enfants amusés.

Villers installa son sac de couchage sous un arbre. Les occupants de la hutte voisine le regardèrent avec beaucoup d'intérêt faire ses préparatifs puis s'allonger. Il s'assoupit rapidement, soûlé de fatigue, les yeux pleins des dernières impressions nocturnes : fumées, flammes, chants et silhouettes mélangés dans un mouvement qui l'emporta vers l'immobilité du sommeil sans lui laisser le temps de savourer sa victoire.

Au petit jour, le village s'anima. Il sembla à Villers que, pour la première fois, l'ensemble des habitants était visible. Il alla saluer le chef qui était accroupi devant sa case, lui remit en cadeau un béret dont le vieux se coiffa aussitôt, et lui fit poser la question :

— Combien d'habitants?

Le chef ne pouvait pas le dire. Il savait comment était constituée chaque famille, mais ce que signifiait le mot total, il l'ignorait. L'idée même de totalité paraissait lui être étrangère. Villers, en désignant chaque case, additionna les chiffres indiqués par le chef pour chacune d'elles. Le village groupait cent vingt-six personnes. Mais quatre-vingt-dix-sept seulement l'habitaient pour le moment. Une trentaine d'hommes étaient partis : des chefs de famille qui cherchaient la subsistance dans la forêt ou sur les côtes, et des jeunes gens dont on n'était pas sûr qu'ils reviendraient. C'étaient eux qui allaient jusqu'aux villages situés à l'orée de la forêt pour y échanger du miel contre des ustensiles. Parfois, ils étaient tentés de ne pas rentrer. La population fixe du village était donc constituée surtout de femmes, d'enfants et de vieux.

Les huttes ressemblaient plus à des amas de branchages qu'à des habitations : sur un bâti rectangulaire de piquets plantés obliquement étaient posées des fascines de bois léger et imperméable qui tenaient lieu de murs et de toits. Une seule ouverture très basse, comme celle d'un terrier, était obstruée par la carapace de tortue. L'unique pièce, en terre battue, accueillait pour la nuit les familles qui, dans la journée, vivaient à côté de la hutte en y entretenant un foyer. Quelques rares objets de bois traînaient sur le sol ou pendaient aux flancs de la tanière : cuillères, plats, auges et seaux. Une cuvette d'émail faisait une tache blanche sur un toit, mais elle était trouée et ne servait plus que d'ornement. Les pintades domestiquées couchaient dans des troncs d'arbres évidés, posés à même le sable. Les chèvres étaient parquées le soir dans de minuscules enclos faits de rameaux d'euphorbes acérées. Sur des arbres morts, piqués comme des perchoirs parmi les huttes, des corbeaux blancs et noirs guettaient les détritus que leur disputaient de rapides charognards dissimulés dans la forêt.

Villers n'eut aucune difficulté à se familiariser avec les habitants qui, leurs premières craintes passées, se laissèrent approcher. Le premier jour, il se garda de pousser trop avant ses initiatives, ne prit aucune photo et ne filma rien. Il se contenta d'acquérir la confiance des notables qui répondaient sans réticence aux questions de l'interprète. La langue du village avait beaucoup de traits communs avec celle du pays. Malgré sa structure rudimentaire et son vocabulaire très restreint, Anako parvenait à la comprendre, mais il devait faire de grands efforts pour être compris. La notation de quelques mots de racine et de consonance tout à fait particulières le confirma dans l'espoir de révéler un dialecte inconnu lié sans aucun doute aux origines de ce peuplement refoulé.

Les plus jeunes enfants demeuraient devant les cases de la famille. On ne les voyait pas former de bandes et organiser des jeux en commun. Ils s'occupaient tout seuls en s'amusant avec des cailloux et des bouquets de plumes. A partir d'une dizaine d'années, ils semblaient participer à la vie communautaire, ramassaient du bois, entretenaient les foyers, surveillaient les chèvres. Mais le plus souvent, ils restaient allongés à côté des autres membres de la famille qui, selon la position du soleil, se protégeaient de ses rayons en évoluant autour des huttes. Les mères étaient couchées comme des chiennes, la poitrine découverte avec leurs bébés blottis contre elles, qui s'allaitaient selon les caprices de leur faim. Quelques femmes nourrissaient deux enfants d'âge différent. Certains de ces enfants avaient le ventre bombé, le visage creux et les membres étiques. Ils bougeaient à peine, mourant de rachitisme. On les avait enduits de cendre des pieds à la tête, sans doute pour les soigner. D'autres, au contraire, étaient râblés, frais, remuants. La sélection de l'espèce se faisait tout naturellement, tandis que les vieillards, paquets d'osselets couverts de peaux fripées, ne sortaient de leur somnolence que pour absorber un peu de nourriture. Des mouches se posaient par grappes sur les corps dénudés qui, pour les chasser, frissonnaient comme des peaux de cheval agacé. Tous les gestes de ces êtres étaient lents. Lorsqu'une femme debout pilait du grain dans un mortier, son enfant attaché sur son dos par un morceau de tissu, ses bras avaient un mouvement de va-et-vient comme engourdi. La tête du bébé oscillait en s'accordant au rythme du pilon qui l'endormait aussi bien qu'un bercement.

Aucun bruit collectif ne trahissait le village dans son enceinte végétale. C'était une fragmentation de petits bruits qui se succédaient : pleurs d'un enfant, bêlement d'une chèvre, choc d'un pilon, cri d'une pintade ou d'un corbeau. On ne pouvait qu'obéir à cette ambiance d'étouffement, à cette façon de vivre silencieux et allongé. Les porteurs, heureux d'un repos bien gagné, se mirent aussitôt à l'unisson. Ils dormirent, mangèrent et redormirent.

Villers, épuisé lui aussi, subit la contagion et pendant deux journées, après les premiers contacts, il se laissa emporter par des sommeils et des siestes d'où il n'émergeait que pour manger, dans un état de demi-rêve, avec la sensation d'avoir abordé une île de sable battue d'un océan de feuilles.

Lorsqu'il fut en état de reprendre une vie normale, Villers entreprit méthodiquement son métier. Il visita le village case après case, accompagné de l'interprète, et bientôt suivi par les enfants qui l'observaient avec admiration tandis qu'il manœuvrait son appareil de photo et sa caméra.

Devant une hutte, une femme au visage quadrillé de rides mais à l'œil encore vif, remuait avec un bâton une bouillie qui cuisait.

— Demande-lui si elle vit seule.

— Oui, répondit-elle.

Villers apprit qu'elle était veuve et que sa fille habitait dans la hutte à côté. Elle préparait la nourriture de la famille.

— Tu es veuve depuis combien de temps?

— Plus de dix récoltes ont passé.

— Pourquoi ne t'es-tu pas remariée?

— Parce qu'il n'y avait pas d'homme pour moi.

Elle continuait à remuer la bouillie en ne prêtant aucune attention à Villers qui la photographiait sous différents angles. Elle avait un visage osseux mais ses traits ne manquaient pas de finesse et ses épaules voûtées conservaient un dessin délicat. La fille apparut, venant de la forêt. Elle portait sur son dos un bébé et tenait dans ses bras une gerbe de racines. Elle s'était appliqué contre la taille et la poitrine un morceau de toile à sac dont elle se servait pour maintenir l'enfant. Elle marchait très droite, ses jambes nues jusqu'au-dessus du genou étaient hautes et fermes, chacun de ses pas ressemblait à la légère pesée d'une danseuse qui s'ignore. Son buste plein, moulé par le tissu rude, s'achevait sur des épaules où l'attache des bras dessinait des courbes mouvantes dont la chair paraissait plus fragile. Sa couleur était d'une noisette mûre. Les traits de son visage disaient le calme, non l'inertie. Elle avait une façon de regarder sans timidité comme sans audace, douée, semblait-il, de la tranquille assurance des bêtes plus habituées aux caresses qu'aux coups. Villers la trouva belle. Il lui fit demander son âge.

— J'ai l'âge de cet arbre, répondit-elle en montrant un *kily* dont l'ombre ne protégeait que quelques mètres carrés.

— Quand a été planté l'arbre? demanda Villers à la mère.

— Quand ma fille est née, lui fut-il répondu.

La fille ne devait pas avoir vingt ans et la mère n'avait dû dépasser que de peu la quarantaine. Ici, on devenait femme aussi vite que vieille femme.

Villers continua la conversation avec la fille qui, à l'inverse de sa mère, paraissait curieuse. Elle avait posé les racines près du feu et s'était assise.

— Tu es mariée depuis quand?

— Deux récoltes ont passé.

— Ton enfant a quel âge?

— Une récolte n'est pas encore passée.
— Où est ton mari?
— Mari pas là.
— Que fait-il?
— Il chasse la tortue dans la mer.
— Il reviendra bientôt?
— Moi sais pas.
— Il est parti depuis longtemps?
— Oui.

Des mouches s'étaient posées sur les yeux du bébé. Celui-ci né pouvait s'en débarrasser, ses bras étant prisonniers du tissu qui le serrait contre sa mère. Il fronçait ses petits sourcils, plissait le front. Mais les mouches ne partaient pas. Villers eut pitié de l'enfant et, d'un geste de la main, il les chassa. La jeune femme se mit à rire.

— Pourquoi ris-tu? lui fit-il demander par Anako.

— Parce que toujours comme ça, beaucoup mouches.

Et elle rit encore. L'inutilité de certains gestes apparut à Villers. Ce n'était pas de l'indifférence pour les autres, mais une forme de sagesse. Quelques instants plus tard, lorsqu'il quitta la jeune femme, un vol de mouches noircissait de nouveau le front du bébé.

Le soir, le repas des porteurs auxquels s'était joint Villers, attira de nombreux habitants qui firent cercle autour des étrangers. La jeune femme était là, tenant son enfant sur ses genoux écartés, en compagnie des autres mères. Le noir apportait non pas de la fraîcheur, mais une moins grande chaleur, et le feu semblait rétablir la température dans laquelle on vivait en plein jour à l'ombre des huttes. Les lueurs des flammes faisaient luire tous ces corps et ces visages attentifs où les yeux avaient des éclats de neige insolite que la chaleur aiguisait. Villers remarqua que la jeune femme s'accroupissait gracieusement. Il remarqua aussi qu'elle portait son bébé comme on tient un objet précieux, et non une petite bête.

Le lendemain, il rendit visite aux notables pour les interroger sur la vie publique. Il leur demanda d'abord comment s'appelait leur village. Le plus vieux lui répondit en psalmodiant : « Belembouke » et Anako traduisit : « le village de la poussière ». Belembouke confiait son sort à un conseil. Les notables — encore un mot sans traduction possible dans la bouche de ceux à qui on l'attribuait — disaient : à « trois chefs ». Ces chefs étaient désignés pour la durée de trois récoltes, lorsque tous les pères de famille étaient là, car seuls ils avaient le droit et le devoir de choisir les chefs. On se servait de poteries. Chacune d'elles correspondait à un candidat. Les trois récipients les mieux garnis de coquillages désignaient les élus. Il n'y avait pas de secret. Tout le village assistait au vote.

— Combien de pères de famille déposent un coquillage?

— Je ne sais pas.

Villers apprit ainsi que ces hommes qui ne pouvaient pas compter plus que leurs dix doigts dénombraient les coquillages en les alignant les uns à côté des autres. Le pointillé le plus long était celui du chef des chefs.

— Et si deux hommes ont le même nombre de coquillages?

— C'est le plus vieux qui est le grand chef.

Tous les pères de famille pouvaient être candidats, mais seuls cinq ou six tenaient des récipients.

— Pourquoi ceux-là et pas les autres?

— Parce que tout le monde ne peut pas être chef.

— Celui qui n'a pas donné son coquillage aux chefs n'est pas mal considéré par eux?

— Qu'est-ce que c'est « mal considéré »?

— Est-ce que les chefs ne sont pas méchants avec lui?

— Non.

— Les chefs sont-ils aussi les juges?

Le notable ne comprit pas. Villers expliqua :

— Est-ce qu'ils sont chargés de dire ce qui est bien et ce qui est mal?

Le notable ne répondit pas. Villers précisa :

— Est-ce qu'ils sont chargés de dire celui qui a fait le bien et celui qui a fait le mal?

Le notable leva le menton en signe d'acquiescement.

— A quelles occasions les chefs ont-ils à juger?

— Quand le partage des chèvres n'est pas bon. Quand un habitant a mangé la pintade du voisin.

— Celui qui a mal fait est-il puni?

— Qu'est-ce que c'est « puni »?

— Est-ce que les chefs lui font du mal parce qu'il a fait du mal?

— Non, les chefs lui disent de donner autre chose.

— Est-ce qu'il arrive qu'un homme tue un homme?

— Non.

— Et si cela arrivait?

— L'homme n'est pas tué par un homme mais par le mauvais esprit qui habite celui qui tue.

— Est-ce que les mauvais esprits tuent quelquefois?

— Non.
— Pourquoi?
— Parce que les mauvais esprits n'entrent pas dans le village.
— Mais dans la forêt, est-ce qu'on en trouve?
— Oui. C'est pour ça qu'il y a des hommes qui ne reviennent pas.
— Est-ce que les chefs guérissent les malades?
— Non.
— Qui les guérit?
— Le sorcier.
— Qui est le sorcier?
— Celui qui est le fils du sorcier.
— Et si le sorcier n'a pas de fils?
— Il choisit le fils d'un autre.
— Pourquoi le choisit-il?
— Parce qu'il lui apprend les secrets.

Villers ne put pas se faire expliquer pourquoi le sorcier croyait que tel jeune était plus capable qu'un autre d'apprendre les secrets.
— Est-ce que le sorcier peut être le chef?
— Non, puisqu'il est le sorcier.

Les habitants parcouraient une vingtaine de kilomètres, aller et retour, pour trouver de l'eau. Le village était fixé à l'endroit le plus rapproché de la source où le terrain ne fût pas de la roche. Il se situait au milieu d'une plaque de sable qui permettait de repiquer quelques plants de manioc et de chardons comestibles. Son troupeau collectif comptait une vingtaine de chèvres gardées sur place et deux zébus qui, surveillés par de jeunes garçons, vivaient dans la forêt pour ne pas porter tort à la végétation du village car ils ne se nourrissaient que de feuilles.

L'origine de l'acquisition de ces zébus ne fut pas expliquée à Villers. Mais il comprit qu'il ne s'agissait ni d'un troupeau en voie de constitution ni d'un résidu de troupeau. Les deux zébus faisaient partie du patrimoine du village, comme un capital symbolique et non comme un moyen de subsistance. Au contraire, les chèvres étaient élevées et entretenues pour servir de nourriture à la communauté. Lors des sacrifices, on ne tuait que des pintades. Villers nota sur son carnet : « L'esprit de sacrifice de l'homme est aussi instinctif que son instinct de conservation. Le premier explique l'autre. Il devrait être seul à l'expliquer. »

Parfois, un sanglier rapporté par les chasseurs enrichissait le rudimentaire menu des villageois. Mais c'était très rare, les hommes ne disposant comme armes que de frondes. L'usage de la sagaie et de l'arc leur était inconnu. Ils se servaient de petits chiens roux à poil ras et à museau de singe qui débusquaient le gibier. Le plus souvent, ils attrapaient les sangliers dans des fosses creusées en travers des pistes, camouflées sous de légères claies de feuilles et garnies de pieux effilés. Quand les sangliers empalés n'étaient pas morts, ils les assommaient à coups de maillet. Mais les bêtes se méfiaient, et, là encore, les captures étaient exceptionnelles.

Villers décida d'offrir un festin au village et s'enfonça dans la forêt pour y préparer un affût après avoir relevé des traces de passage de sangliers. Il était accompagné du porteur qui avait prouvé la meilleure expérience de la chasse. Ils choisirent un lieu favorable où serait confectionnée dans un arbre une plate-forme protégée de branchages. Ils regagnèrent ensuite le village en empruntant le sentier qui menait à l'aven. Devant eux, deux porteuses d'eau marchaient. Ils les dépassèrent bientôt. L'une d'elles était la jeune maman que Villers avait remarquée la veille. Il lui adressa un sourire. Elle sourit. Les deux femmes paraissaient fatiguées. Villers pour se faire comprendre d'elles n'avait à sa disposition qu'un homme dont il était lui-même mal compris. Il essaya pourtant de leur demander, par l'intermédiaire du porteur, de poser leurs outres. L'homme comprit ce que désirait Villers. Les femmes obéirent aussitôt. Alors Villers prit l'une des perches sur son épaule et signifia à son porteur de l'imiter. Les femmes les regardèrent faire tout ébahies, mais ne protestèrent pas. Puis, dans le silence, la marche reprit, les hommes précédant les femmes qui, déchargées de leurs fardeaux, semblaient un peu désaxées, trop légères, avec des gestes de bras inhabituels : ceux de promeneuses improvisées. La rentrée dans le village fut un événement. Devant chaque case, exclamations et rires fusèrent. Le porteur était aussi gêné que les femmes, et Villers finit par l'être autant qu'eux. Après avoir rendu les perches aux femmes, il fit venir l'interprète pour qu'il leur expliquât la raison de son geste. Presque tout le village s'était rassemblé autour d'eux. Villers chercha les mots les plus simples :

— Les hommes doivent porter les charges des femmes parce qu'ils sont plus forts qu'elles.

Il s'attendit à provoquer de nouveaux rires. Mais les visages restaient attentifs. Un des notables lui fit répondre : La coutume veut que les femmes aillent chercher l'eau. Les hommes, eux, vont à la chasse, à la pêche, coupent les arbres et tuent les chèvres. Mais on ne lui en voulait pas d'avoir fait le contraire de la coutume.

Villers remercia de cette compréhension. Le notable le salua, et chacun regagna sa case. Qu'avaient pensé les femmes? C'était la seule question à laquelle aurait voulu répondre Villers. Lorsque le lendemain il rapporta deux sangliers au village et les fit déposer en cadeau devant la hutte du chef, les habitants manifestèrent leur joie par des chants et des danses, le soir, autour des deux corps dépecés. Villers remarqua que la jeune femme ne dansait pas : seules les célibataires en avaient le droit. Mais elle avait celui de chanter, et elle ne s'en privait pas. Parfois même elle chantait seule, et les autres reprenaient en chœur ses paroles. Son bébé, qu'elle tenait toujours serré contre elle, semblait, comme les autres bébés amenés par leurs mères, pacifié par ces chants martelés de tam-tam. La voix de la jeune femme était gutturale mais douce, avec une étonnante sûreté mélodique.

La distribution de la viande fut présidée par les trois chefs qui proportionnaient l'importance des morceaux à celle des familles. Les représentants de chaque foyer venaient à tour de rôle, dans un ordre sans doute préconçu, et s'inclinaient avec déférence en recevant leur part. Personne, de toute évidence, ne discutait la façon de répartir. Le repas ne fut pas pris en commun. Chaque famille l'organisa devant sa hutte. Villers avait commencé par refuser de participer à la distribution, mais devant l'insistance du chef, il dut accepter quelques morceaux.

Les jours suivants, un enfant qui s'était ouvert le genou en tombant lui fut apporté évanoui. Il le ranima et lui fit un pansement. A une femme que torturaient des maux de ventre, il donna un produit qui la soulagea. Un calmant administré à haute dose atténua les crises d'un vieil épileptique. Le Blanc s'acquit ainsi la réputation d'être bon, — c'était du moins ce qu'il croyait. Il passa seulement pour être plus fort que le sorcier et se fit respecter, sauf du sorcier qui le jalousa. Il s'aperçut très vite de son erreur. La bonté ici ne pouvait trouver sa place que sous d'autres noms. Comme il avait besoin du sorcier pour son enquête, et comme il redoutait une possible vengeance plus qu'un refus de parler, il alla lui rendre visite. Il fallait se concilier ses bonnes grâces, reconnaître son autorité et sa science, sans toutefois laisser entendre qu'on en manquait soi-même. Il lui demanda des conseils et des présages, en inventant des prétextes : la chasse, le temps, l'utilisation des plantes. Le sorcier, très flatté, lui répondit avec abondance et ne lui prédit que de bonnes choses. Villers, pour le remercier, lui offrit plusieurs boîtes de conserves vides dont il pensait que l'homme ferait des récipients, mais qui furent aussitôt transformées, en instrument de musique par leur assemblage sur un morceau de bois.

L'enquête et ses études dureraient plusieurs semaines. Comme le matériel de campement avait dû être abandonné, il décida de faire construire des huttes du même type que celles du village. Il emploierait les jeunes gens et leur donnerait un peu d'argent. A peine son idée l'eût-elle effleuré qu'il en comprit l'inanité. L'argent ici n'avait pas plus cours que les grands sentiments. On faisait des échanges et l'on était solidaire.

Quatre huttes furent édifiées par des habitants du

village, sans qu'il fût question de récompense. Les hommes devaient considérer que l'étranger qui leur avait donné des sangliers et qui les avait soignés méritait d'être aidé. Villers s'installa seul dans l'une des huttes, un peu à l'écart. Le chef le pria d'excuser l'absence de carapaces. Si les pêcheurs revenaient avec de grosses tortues, on attribuerait aux étrangers les portes d'usage. En attendant, pour que les mauvais esprits ne pussent pénétrer la nuit dans les cases, on confectionna des portes en branches tressées. Les carapaces étaient une meilleure protection parce que les tortues faisaient l'objet d'un culte avant d'être consommées. Leurs restes avaient donc une valeur magique.

Villers voulut organiser sa vie avec le minimum de confort dont il avait besoin pour son travail, mais il dut renoncer à faire réserver dans sa hutte une autre ouverture que celle de la porte, obstruée seulement la nuit. Le sorcier affirmait que le soleil n'avait pas droit à deux ouvertures. Sinon, on courait le danger d'être frappé par lui dans le dos.

C'était la présence de Villers qui attirait le plus de curiosité, surtout celle des enfants et des femmes qui n'étaient pas sortis de la forêt et qui, jusque-là, avaient entendu parler d'hommes à la peau blanche mais n'en avaient jamais vu. Le matin, Villers se lavait à l'intérieur de sa hutte avec aussi peu d'eau que possible. Il sortait ensuite, accrochait une petite glace à l'une des branches de la paroi et se savonnait, puis se rasait sous l'œil attentif d'un cercle de spectateurs que le miroir intriguait autant que le rasoir. En effet, ils n'avaient encore pris connaissance de leurs traits que dans les reflets de l'eau, et les hommes qui avaient très peu de poils sur la figure ignoraient l'usage du rasoir. On pouvait croire que l'admiration allait autant à la barbe qu'à l'instrument. Des femmes souvent s'approchaient de Villers et, sans gêne, considéraient son buste ombré d'une toison. Il était évident que la chose les surprenait, et ne leur déplaisait pas.

Chaque jour, les hommes de l'équipe allaient jusqu'à l'aven pour en ramener de l'eau. Villers ne conservait auprès de lui que le vieux qui l'aidait à porter son matériel. Les habitants se laissaient filmer et photographier sans plus de crainte que de plaisir. Ils ne savaient pas ce qui résultait des gestes de l'étranger. Le premier soir où Villers, après avoir enregistré des chants, demanda le silence pour les faire entendre aux chanteurs, il eut la bonne idée de dire que la musique et les paroles lui ayant été offertes, il les avait recueillies dans une boîte afin de ne pas les perdre et de s'en resservir à l'occasion. Les habitants ne furent donc pas même étonnés de s'écouter. Ils apprenaient simplement que le Blanc avait le pouvoir de ramasser les voix comme eux les fruits. Plusieurs manifestèrent le désir de faire recueillir leurs chants. Ils s'entendirent ensuite avec un plaisir non dissimulé. L'un accompagna la mélodie enregistrée, sa voix s'ajusta à celle que la boîte avait captée et restituait. On ne savait plus très bien quelle était l'originale. On le sut lorsque, l'enregistrement terminé, la voix naturelle se prolongea par un grand rire qui provoqua celui de toute l'assistance. Ces êtres étaient à la fois très sérieux et toujours prêts à s'amuser.

La jeune femme n'avait pas demandé à chanter

seule, Villers l'en pria. Elle accepta sans la moindre gêne. Les chœurs reprenaient ses motifs. Elle disait que si les esprits des morts étaient satisfaits, les tortues seraient abondantes, que le village aurait de quoi manger. Elle ajouta :

Le Blanc nous a rapporté des sangliers,
Nous espérons qu'il recommencera.
Il possède un bâton qui fait du bruit
Et lorsqu'on entend le bruit dans la forêt
Les sangliers sont tués.

L'interprète traduisait au fur et à mesure qu'elle improvisait. Villers fut étonné de la phrase : « Nous espérons qu'il recommencera. » Il força l'interprète à plus de précision et comprit qu'elle avait dit exactement : « Nous voudrions qu'il recommence », ce qui était moins policé, mais plus naturel. Il s'adressa aux gens du village après le chant :

— Je vous donnerai encore des sangliers à manger.

Un murmure collectif avec une intonation particulière accueillit ses paroles. C'était la façon locale d'applaudir. Il demanda comment pouvaient être satisfaits les esprits des morts. Le chef lui répondit :

— Si nous n'oublions pas de leur donner ce qu'ils veulent.

— Que veulent-ils?

— De la nourriture.

— Quelle nourriture?

— Des pintades.

— Et quand elles sont tuées, qu'est-ce que vous en faites?

— Nous les posons à côté de leurs tombeaux.

Ainsi les vautours et les carnassiers se nourrissaient au nom des morts, ainsi l'on offrait des pintades pour obtenir des tortues.

— Si les tortues tuées sont nombreuses, est-ce qu'on offre quand même des pintades aux morts?

— Oui, pour les remercier.

Villers apprit que, certaines années, les vivants préféraient avoir la certitude de ne pas mourir de faim en mangeant les pintades, plutôt que de les sacrifier sans être sûrs d'obtenir la faveur des esprits. Toujours l'obéissance à la nécessité vitale et le marchandage, mais sans hypocrisie.

— Les dangers ne sont-ils pas plus grands de mécontenter les esprits des morts que de ne pas manger à sa faim?

L'interprète ne fut pas capable de comprendre. Le problème le dépassait. Sans doute dépassait-il davantage encore le chef, du moins dans son expression savante. L'intelligence de l'instinct habitait ces hommes toujours voués à la peur de mourir de faim. Ils ne raisonnaient que jusqu'à un certain point, à moins que, justement, ils eussent choisi d'instinct de ne plus raisonner quand leurs ventres étaient creux.

Vers minuit, les villageois regagnèrent leurs huttes. Ils se levaient avec souplesse, lentement, ne prononçant aucune parole. Villers avait prêté une attention particulière à la jeune femme, mais elle ne se préoccupa que de son bébé et disparut sans lui faire de signe.

Le lendemain, après qu'il se fut rasé, une vieille femme s'approcha de la glace qu'il avait accrochée à l'extérieur de la hutte et se haussa sur la pointe des pieds pour se regarder. Elle éclata de rire en se voyant.

Alors tous les autres voulurent faire comme elle. Les hommes portèrent les enfants dans leurs bras pour qu'ils pussent eux aussi se découvrir. Quelques-uns, effrayés par ce visage qu'ils ne connaissaient pas, pleurèrent et cherchèrent à s'échapper. La jeune femme à laquelle s'intéressait Villers était venue. Elle se considéra longuement. Sa figure exprima une surprise qui n'avait rien de joyeux, une attention qui semblait la porter à penser. Villers, à un tel spectacle, éprouva plus que jamais l'horreur du miroir et de la carte d'identité qui empêchent de vieillir naturellement, à la façon des animaux, en ne le sachant que par les sensations du corps.

Un homme lui fit comprendre qu'il souhaitait recevoir en cadeau la lame de rasoir usée. Villers demanda à Anako d'expliquer à cet homme que le maniement de la lame était dangereux, qu'on pouvait se couper en l'utilisant. L'homme manifesta qu'il comprenait, reçut l'objet, et voulant raccourcir une mèche de cheveux d'un petit garçon qui l'accompagnait, lui entailla légèrement la peau. L'enfant se mit à pleurer, un peu de sang coula sur son front. Les villageois rirent, sauf la jeune femme qui sembla réfléchir. Villers reprit la lame et fit dire à l'homme que les esprits s'opposaient au cadeau. Il essuya le front du petit garçon et lui donna un morceau de sucre. Alors la jeune femme tendit la main vers Villers en même temps que dix autres mains réclamaient leur dû. Il n'avait à sa disposition qu'un second morceau. Il ne réfléchit pas et le déposa d'instinct dans la paume de la jeune femme. Celle-ci partit aussitôt comme un chat qui se sauve avec un larcin. Villers la vit rentrer dans sa hutte. Il aurait bien voulu savoir ce qu'elle allait faire : manger le sucre ou le donner à son bébé. Il n'en sut rien. Mais le soir auprès du feu, elle chanta :

Le Blanc m'a donné un caillou de miel,
Est-ce que le Blanc a trouvé ce caillou dans la forêt?

Les villageois reprirent en chœur la question qu'elle modulait différemment entre chaque antienne. Villers demanda à Anako s'il devait répondre. Anako lui dit : « Les chants sont des chants, ils ne sont jamais des questions. » Villers pensa que « chez lui » c'était l'inverse : les questions étaient des questions, on ne les transformait jamais en chants. Ici on chantait tout, on ne se posait pas de questions.

Le concert dura longtemps avec des variantes mélodiques et des paroles qui ne changeaient pas. Il cessa lorsqu'un chanteur dont on ne savait qui l'avait désigné pour être le dernier lança tout seul la phrase finale, l'amplifia, la fit s'étirer dans la nuit et se perdre à travers la forêt. Alors, tous les assistants, d'un commun accord, se levèrent et disparurent, glissant silencieusement sur le sable cendré. La jeune femme se confondit avec les ombres des autres. Villers s'aperçut qu'il aurait aimé lui dire bonsoir. Il se trouva stupide, puis pensa : « Spot me manque. Lui aussi, il me demandait du sucre. » Et il eut du mal à s'endormir.

Il décida d'aller jusqu'à la mer en prenant un guide dans le village. La colonne atteignit le rivage au bout de trois heures de marche sur un sentier rocailleux qui sinuait parmi des épineux de plus en plus petits mais très denses, comme s'ils se protégeaient les uns les autres, au fur et à mesure que l'on se rapprochait de l'océan et de ses vents. Les plages étaient de neige, dominées par un cordon de dunes où les tempêtes avaient déposé des arbres gigantesques arrachés tout entiers à des côtes lointaines avec des rameaux effeuillés qui ressemblaient à des racines et des masses de racines ramifiées. Posée sur un pieu, comme un bouclier, une carapace de tortue indiquait que des pêcheurs n'étaient pas loin. Ils avaient fait le sacrifice d'une bête pour en attraper d'autres. Le guide leur montra deux pirogues dans le lagon que protégeait du large le récif corallien sur lequel venaient se briser d'énormes rouleaux de vagues qui faisaient un bruit continu de tonnerre amorti. Les pêcheurs ne possédaient pas plus de harpons que de sagaies. Pour accrocher les tortues qu'ils surprenaient nageant la tête hors de l'eau, ils se servaient de perches de bois que terminait un crochet comme celui des houlettes de bergers. Les tortues agrippées par le cou se débattaient et souvent parvenaient à s'échapper. Les hommes devaient plonger pour les mater, mais le plus souvent leurs efforts étaient vains.

La mise à mort de ces monstres pacifiques qui pouvaient vous tuer en se retournant dans l'eau était une entreprise ardue si l'on voulait user de la force. Aussi les laissait-on crever de faim et d'asphyxie. Il suffisait de les poser sur le dos. Elles agonisaient pendant plusieurs jours, avec de véritables râles humains. Ensuite, on arrachait leurs carapaces à l'aide de lames en bois très dur, aiguisées comme des couteaux. Puis on faisait griller au feu leur chair qu'on coupait en morceaux pour la rapporter au village dans des mannes d'écorce. Les pêcheurs de Belembouke avaient capturé trois tortues. L'une d'elles était encore en train de mourir, à côté des autres déjà dépecées. Elle battait l'air de ses courtes pattes en hoquetant, maintenue le dos au sol par des morceaux de bois entrecroisés. Villers l'acheva d'un coup de carabine dans la tête. Les porteurs s'étonnèrent de cette balle gaspillée, et rirent. Quant aux pêcheurs, effrayés par la détonation autant que par l'arrivée des étrangers, ils s'enfuirent au plus loin du lagon. L'homme de leur village ne put se faire reconnaître d'eux. La nuit, le feu de camp de la colonne dut les apeurer davantage encore. On ne les revit pas le lendemain. Villers résolut de quitter les lieux pour leur permettre de récupérer les tortues.

D'énormes coquillages marquaient la frange des marées. Personne ne se souciait d'eux. Ils étincelaient de toute leur nacre inutile entre la transparence de l'eau et les débris de corail rose qui séparaient le bleu et le blanc d'un ton de blessure mal cicatrisée. Le guide exprima le désir de mener Villers le long du rivage avant de rentrer et lui montra sur le sable, après un parcours de plusieurs kilomètres, des traces parallèles qui venaient du lagon et se dirigeaient vers la dune. Il fouilla le sol à l'endroit où s'arrêtaient les traces et découvrit les œufs que les tortues étaient venues enfouir là pour que le soleil les couvât. Villers ne voulait pas les prendre, mais le guide les fit tinter à son oreille et manifesta sa joie : ils étaient tout fraîchement pondus et pouvaient être consommés. Les hommes rentrèrent donc au village avec une trentaine d'œufs que, selon le rite, on déposa aux pieds du chef. Celui-ci avec un petit bâton traça au-dessus des coquilles un signe magique et chargea le sorcier de les ouvrir. Un silex taillé en dents de scie les découpa en les épargnant, de sorte qu'on pût se servir des moitiés de coquilles comme récipients. Chaque famille reçut sa part. Pour honorer les étrangers, en plus de la ration, on leur donna des coquilles. La jeune femme et sa mère mangèrent comme les autres le mélange de jaune et de blanc tout cru, ou plutôt le burent avec des gestes lents dictés par un sentiment du sacré lié sans doute à l'absorption de ce qui symbolisait la fécondité. Les bébés eux-mêmes ingurgitèrent un peu de liquide. Villers se força à participer au repas rituel. Avalant cette mixture au goût de citrouille et de poisson, il songeait à la tortue agonisante. Près de lui, la jeune femme semblait heureuse du festin. Il aurait bien voulu lui faire cadeau de sa part, mais il craignit de manquer aux convenances. Elle le regarda avec un sourire joyeux, d'un air de dire : « C'est bon, n'est-ce pas? » Son enfant, le visage taché de jaune, pleurait. Elle lui donna le sein pour le calmer. Villers la trouva très désirable mais détourna aussitôt son regard.

Huit jours après la découverte du village, il s'était déjà habitué à certains visages qu'il préférait à d'autres. Il se sentait lui-même admis par tous les habitants, mais plus sympathique à quelques-uns d'entre eux. Il trouvait devant sa porte, le matin, ses meilleurs amis : des vieux, des enfants et des femmes qui portaient leurs bébés. Les hommes jeunes et les femmes que la maternité n'accaparait pas chassaient ou travaillaient. Travaillaient? Ce mot n'avait pas plus de sens ici que l'argent. Quand il avait demandé quel était le travail des hommes, le chef avait fait répondre : « Qu'appelles-tu le travail? » A Belembouke, de même que la bonté était solidarité et justice, le travail correspondait seulement aux gestes de la vie. On faisait tout ce qu'il fallait pour vivre, mais rien de plus. Quand on avait de quoi manger, quand sa hutte était en bon état, on dormait en suivant le cheminement des ombres. La répartition des tâches se faisait d'instinct selon les forces et le sexe. On partageait tous les produits comme dans un camp de prisonniers où la pénurie crée l'esprit de communauté parce que chacun espère profiter de ce que l'autre aura, où les risques de gagner au partage paraissent plus grands que ceux de perdre.

Villers lui-même en offrant les sangliers avait-il été altruiste? Il s'était soucié de s'attirer les faveurs des habitants. On ne pouvait échapper au donnant donnant. Sur son carnet il écrivit : « Les sociétés dites primitives sont d'un égoïsme altruiste souvent plus efficace ou moral que l'altruisme égoïste des sociétés évoluées. » Il ajouta : « Aurais-je noté cela si j'avais été condamné à demeurer jusqu'à la mort dans ce village? » Puis il essaya de se justifier : « Il faut bien que je dialogue, et avec qui, sinon avec moi? Mais, contraint de rester ici, je ne continuerais à dialoguer qu'en moi-même sans rien écrire. Est-ce que je poursuivrais mon enquête d'ethnologue? Je ne serais plus qu'un homme curieux des autres par nature. » Il s'aperçut, non sans satisfaction, qu'il s'était contenté de penser ces choses, qu'il ne les avait pas rédigées : « Voilà que je redeviens normal. » Et il se trouva encore plus normal lorsque, voyant passer la jeune femme à proximité de sa hutte, il eut envie de l'appeler sans autre raison que de se sentir exister auprès d'elle qu'il désirait.

— Quel est son nom? demanda-t-il à Anako.

L'interprète interpella la fille qui s'arrêta. Elle ne parut ni étonnée ni effarouchée. Son visage n'exprima aucune réticence, mais pas le moindre empressement. Elle répondit : « Kitany », et repartit. Villers dit à Anako : « Demande à Kitany de me faire cuire la pintade que j'ai tuée. » Il ne dit pas : « si elle veut bien me la faire cuire », il était impératif tout naturellement, par virilité. L'interprète parla. Kitany s'arrêta, ne répondit rien et s'approcha des deux hommes sans hâte mais sans hésitation. Anako lui tendit la pintade. La fille la prit, s'assit à côté d'eux et, silencieuse, entreprit de plumer l'oiseau.

Villers s'était allongé à l'ombre de sa hutte. Il semblait somnoler mais il observait la jeune femme, la détaillait. Le visage de Kitany avait un bel ovale, la chair en était lisse, limpide, aurait-on cru. C'était comme une de ces eaux transparentes qui ne sont obscures que parce qu'elles sont profondes. Le nez presque droit était tout juste assez large à la base pour lui donner une sensualité qui s'accordait avec celle de la bouche très charnue, juteuse, dont le plus petit sourire révélait des dents aussi blanches que le blanc de l'œil. Le regard de Kitany était sans voile, sans dérobade. Il vous fixait loyalement. La timidité, parfois, l'inclinait vers le sol, mais il ne cessait pas d'être franc. Les prunelles avaient la couleur de la peau. L'intérieur des mains était plus pâle que le reste du corps, et aussi les aisselles aux ombres bouclées. Kitany se tenait toujours très droite, et son être avait une distinction naturelle qui se prolongeait, rayonnait dans tous ses gestes.

Pour plumer la pintade, elle l'avait serrée entre ses genoux. Elle semblait picorer de ses deux mains le duvet et les plumes dont elle faisait un petit tas près d'elle. Quand elle eut fini son travail, elle dit quelques mots à Anako. Celui-ci lui donna un couteau qu'elle regarda longuement avant de s'en servir. L'interprète expliqua à Villers : « Ici, ils utilisent des lames de bois. » Il montra à Kitany comment manier le couteau. Elle fit signe qu'elle avait compris et, très adroitement, comme si elle avait la vieille habitude des lames de métal, elle perfora et fendit le ventre de la pintade d'où elle extirpa avec la main les intestins. Un chien semblait guetter, à qui elle jeta cette nourriture. Puis elle plaça quelques branches sèches sur le feu et livra aux flammes les plumes. Elle avait les doigts rouges de sang. Des duvets s'y étaient collés. Elle se leva et fit quelques mètres pour ramasser du sable avec lequel elle se nettoya. Elle partit ensuite en emportant la pintade et revint très vite, munie d'un long et fin bâton, aiguisé aux deux extrémités, qu'elle plaça sur deux petites fourches piquées de chaque côté du foyer. Elle s'en servit comme d'une broche, après avoir frotté la pintade d'un fruit laiteux qui la graissa. La pintade grésilla et fut bientôt dorée sur toutes les faces. Kitany la posa sur une grosse pierre plate préparée à cet effet. « Demande-lui de la partager avec nous », dit Villers à Anako. La fille parut réfléchir, répondit par un son de la gorge, et partit en direction de la case de sa mère.

Villers, qui ne comprenait pas, eut aussitôt l'explication. Elle était allée chercher son bébé. Celui-ci somnolait dans son dos. Elle se rassit, jambes croisées, laissant voir ses cuisses luisantes, et reçut des mains d'Anako sa part de pintade qu'elle mangea délicatement, lentement, en prenant soin de ne se salir que le bout des doigts. Villers lui proposa de l'eau dans un gobelet. Jusqu'alors elle avait dû boire, comme tous les autres habitants du village, dans des coques de fruits de baobab. Mais, pas plus qu'avec le couteau, elle ne fut empruntée, et se désaltéra en plusieurs fois, par petites gorgées, comme elle avait vu faire Villers. Elle souriait. Toutes ces nouveautés assurément l'amusaient. Le bébé, réveillé, et comme stimulé par la vision des bouches qui mastiquaient ou s'abreuvaient, se mit à pleurer. Il voulait lui aussi son repas. Kitany dénoua le tissu qui serrait sa poitrine en même temps que l'enfant, saisit celui-ci d'un mouvement habile pour l'amener sur ses genoux et lui tendit un sein gonflé. Puis elle s'étendit comme une chienne au repos, et se laissa aller à une somnolence tranquille tandis que le bébé posé sur le sol se nourrissait en pétrissant de ses petites mains la chair de sa maman. Au bout d'un quart d'heure, repu, il s'était endormi à la tâche. Kitany, elle aussi, dormait. L'interprète était allé rejoindre les porteurs. Villers fit la sieste mais ne put trouver le sommeil. La confiance, le naturel de Kitany l'émouvaient, et ses raffinements instinctifs, et cette animalité maternelle qui semblait dénuée de toute féminité mais la révélait si bien.

Il passa l'après-midi à classer des documents, à prendre des notes. Kitany s'était réveillée, étirée, avait replacé le bébé sur son dos. Elle observait Villers qui écrivait, et elle se rapprocha de lui pour regarder de tout près les doigts qui maniaient le stylo. Elle paraissait admirative. Il écrivit en grosses lettres Kitany et lui montra le mot. Elle le considéra avec le même intérêt que n'importe quels autres signes. Il prononça le nom sans qu'elle fît la relation entre le son et le dessin. Pourquoi avait-il éprouvé le besoin d'écrire ainsi Kitany? Était-ce une façon de se démontrer la présence d'un être si proche et si lointain? C'en était une en tout cas de la faire exister autrement que par le regard, de lui donner une réalité pensée. Kitany, à genoux, ranima le feu. Au-dessus de la tête du bébé qui dodelinait tandis qu'elle se penchait en avant, elle laissait voir ses belles épaules dénudées qui semblaient ruisseler des lueurs de miel du couchant, et les ombres de ses aisselles d'où se détachaient la courbe des bras agiles et fermes. Villers posa sa main sur l'épaule, et très légèrement l'effleura. Il acheva son geste en caressant la tête de l'enfant. Elle se retourna, ni surprise, ni gênée, ni souriante. Elle avait cru simplement qu'il voulait lui signifier quelque chose. Il ne sut que lui dire, mais prit quelques morceaux de sucre qu'il lui tendit. Pour les recevoir, elle mit les deux mains paume contre paume et les referma en faisant un grand salut de la tête. Il rejoignit les porteurs et leur donna l'emploi du temps du lendemain. Quand il revint à sa hutte, Kitany était partie : devant la sienne, elle allumait le feu de la nuit. Il prépara sa nourriture tout seul, et s'ennuya. Il regardait le foyer de sa voisine. Les petites flammes, par moments, éclairaient ce corps qui lui faisait envie comme un bel objet.

Le lendemain matin, quand il sortit de sa hutte, il la trouva assise non loin de la porte, son bébé sur le dos, en compagnie d'un vieux et de trois enfants. Il leur dit bonjour à tous, en espérant qu'elle réagirait autrement que les autres, mais elle le salua de la même façon. Sa journée se passa dans la forêt où il avait découvert des pièges dont il prenait des dessins. Quand il revint, il eut la surprise de trouver son feu allumé. Kitany spontanément s'en était occupée. Elle se reposait à côté, sans son enfant. Villers pensa qu'elle voulait exprimer par là quelque intérêt pour lui. Il s'assit près d'elle, et ne put résister au désir de poser sa main sur le dos enfin libre dont la douceur le surprit, et qu'il caressa silencieusement. Kitany tourna la tête vers lui, eut un sourire et se leva sans se hâter. A son tour, il se leva et voulut poser encore sa main sur l'épaule. Cette fois-ci, elle chercha à se dérober. Alors, Villers transforma la signification de son geste. S'il avait touché l'épaule de Kitany, c'était pour indiquer qu'il désirait lui donner quelque chose. Comme la veille, elle prit avec plaisir et déférence les morceaux de sucre qu'on lui offrait et regagna aussitôt sa hutte, d'un pas pressé.

Villers ne la revit pas de la soirée. Il en fut très déçu. Ce qu'il avait interprété comme une attention n'était sans doute qu'intérêt. Il en fut aussi irrité physiquement : de cette fille il ne pouvait rien attendre d'autre qu'un corps, et ce corps lui-même n'obéissait qu'aux règles d'une existence où l'instinct de subsistance finissait — ou commençait? — par éclipser tous les autres. Il réfléchissait à cela en se couchant dans sa hutte. Kitany devait protéger l'espèce, donc chercher à se nourrir du mieux qu'elle pouvait. Son enfant la justifiait dans tout ce qu'elle faisait, ou ne faisait pas. Il se souvenait de son dialogue avec un notable, père de famille, après qu'il eut appris que la monogamie se pratiquait à Belembouke.

— Les filles ont le droit de se marier à partir de quand?

(Il n'avait pas dit « à quel âge » puisque ici l'âge n'existait pas.)

— Quand elles peuvent avoir des enfants, lui avait-on répondu.

— Et les garçons?

— Quand ils peuvent avoir des enfants.

— Est-ce qu'un homme a le droit de ne pas se marier?

Le notable s'était fait répéter plusieurs fois la question, puis il avait dit :

— C'est comme il veut. Mais il se marie toujours.

— Et la fille, est-ce qu'elle a le droit de ne pas se marier?

— Oui.

— Et elle se marie toujours?

— Non.

Après de nombreux échanges de propos, Villers avait compris que les filles pouvaient ne pas se marier, mais qu'elles cherchaient toutes à le faire. C'était, en somme, le petit nombre d'hommes qui acculait certaines d'entre elles au célibat.

— Est-ce que les filles pas mariées ont le droit de se laisser toucher par les hommes?

Villers avait usé du mot toucher ne sachant comment définir l'acte amoureux. Le notable n'avait pas compris. Anako lui-même avait transmis le verbe sans en saisir le sens. Quand Villers lui eut expliqué de quoi il s'agissait, il avait eu un grand rire et s'était mis aussitôt en devoir d'éclairer le notable qui, à son tour, avait ri en donnant une réponse affirmative.

— Quel mot as-tu employé? demanda Villers à Anako.

— J'ai dit : est-ce que la fille peut ouvrir les cuisses aux hommes?

Il avait donc attribué le rôle actif à la femme. Villers en avait tenu compte pour poser cette nouvelle question :

— Est-ce qu'elle peut ouvrir les cuisses à des hommes mariés?

— Oui.

— Et est-ce que les femmes mariées le peuvent à d'autres hommes que leurs époux?

— Non.

La procréation, à n'en pas douter, était le seul ressort des règles conjugales à Belembouke.

— Et si une épouse a un enfant que lui a donné un autre homme que le sien?

— Cela n'arrive pas.

— Et si cela arrivait?

Le notable n'avait pas compris. Si les choses ne se produisent pas, comment et pourquoi supposer qu'elles pourraient se produire?

— Et si une fille qui ne vit pas avec un homme a un enfant?

Le notable n'avait pas répondu. Villers avait fait insister Anako en expliquant qu'il voulait savoir quel sort était réservé à l'enfant. Alors l'homme avait dit comme une évidence :

— C'est l'enfant de la femme.

— Est-ce que cette fille peut se marier ensuite?

— Oui.

Villers avait obtenu non sans mal le renseignement qu'il désirait : l'enfant d'avant le mariage et les autres étaient considérés de la même manière par le père. Il avait poursuivi :

— Combien y a-t-il à Belembouke de femmes pas mariées qui ont des enfants?

Le notable avait réfléchi. Sa réponse, « il y en a », prouvait que leur nombre dépassait la dizaine.

— Quand le mari ou la femme est mort, l'autre doit attendre combien de temps pour se remarier?

— Il n'y a pas de temps.

— Et si le mari est parti et ne revient pas?

— La femme peut vivre avec un autre homme quand deux récoltes sont passées.

— Est-ce qu'on a vu une femme partir et ne pas revenir?

— Non. A Belembouke on n'a jamais vu ça.

Villers remuait tous ces propos dans sa tête tandis que la lune étincelait à travers les interstices de sa porte en branchages tressés. Kitany avait un mari dont elle attendait le retour. Il l'avait mal jugée en faisant de sa conduite celle d'une petite femelle affamée. Elle ne pouvait voir en lui qu'un distributeur de nourriture, la loi de la tribu l'exigeait. Il écrivit sur son carnet : « La fidélité d'une femme n'est-elle pas plus souvent dictée par le respect d'un tabou que par l'amour du mari? » Puis, ne manquant pas de cruauté lucide à son égard, il pensa, mais sans l'écrire : « Je parle de Kitany comme si la question de la fidélité avait pu se poser à elle. Pauvre imbécile, Kitany ne se pose que la question du sucre. »

Dès qu'il sortit de sa hutte, le lendemain matin, Villers chercha du regard Kitany. Elle n'était pas là. Il aperçut une femme qui nourrissait deux bébés à la fois. L'un d'eux était celui de sa voisine. Il interrogea l'interprète sur les occupations de certains afin de pouvoir lui demander : « Que fait Kitany aujourd'hui? » Il s'en voulait de se préoccuper de l'opinion qu'Anako pouvait avoir de son intérêt pour Kitany, puis se justifia aussitôt de sa façon d'agir par des arguments valables en tout autre endroit que Belembouke et avec tout autre homme qu'Anako. Ce dernier lui dit : « Elle est allée chercher de l'eau. » Villers demeura sur place. Il photographia les amulettes que les villageoises portaient autour du cou. C'était dans son programme. Mais peut-être avait-il inconsciemment choisi ce jour-là pour passer en revue les femmes du village et connaître les filles en âge de se marier. La comparaison resta à l'avantage de Kitany. Le soir, assis devant sa hutte, il la vit rentrer, chargée de deux outres accrochées à une perche. Il lui fit un signe de la main. Elle lui répondit par un sourire. Il ne la revit pas. Sans doute, harassée, s'était-elle endormie dès son retour, après avoir retrouvé son bébé. Il resta auprès du feu, en compagnie d'Anako dont il avait besoin pour se faire expliquer les noms et l'usage de quelques objets de bois qu'il avait échangés contre de petits morceaux de tissu. Des filles très jeunes, qui se tenaient par le bras — elles étaient trois — vinrent tourner autour de lui en chantant et en esquissant des pas de danse.

Leurs pieds glissaient dans le sable et elles ne progressaient que par des contorsions de leur buste et de leurs jambes. Elles ne regardaient pas Villers, leurs yeux semblaient se perdre dans la nuit. Mais il était bien évident qu'elles ne dansaient que pour se faire voir de lui. « Qu'est-ce qu'elles disent? » demanda-t-il à Anako qui riait.

— Des choses qu'une jeune fille dit à un homme.

— Je veux savoir.

L'interprète, après un refus de convenance, chanta sur le même air que les filles :

Nous sommes seules, la nuit est longue
Et nous cherchons un homme.
Est-il là l'homme que nous cherchons
Qui nous mettra sous lui et qui...

Il éclata de rire. Les danseuses continuaient à se trémousser en chantant de plus en plus fort et de plus en plus près de Villers jusqu'au moment où celui-ci se leva d'un bond. Ce fut une débandade dans l'obscurité, avec des cris d'effroi. Anako dit : « Ne cours pas après. On ne court pas après les filles, elles reviennent toujours. » Lorsqu'il fut rentré dans sa hutte, Villers entendit les chants se rapprocher. Les filles revenues cernèrent son refuge. Il se montra à la porte, fit quelques pas dehors. Ce fut de nouveau une fuite bruyante. « L'impudeur collective : ne pas s'y fier. Ce que trois filles osent dire ensemble à un homme mène souvent moins loin que ce qu'une fille seule lui tait. » Villers donnait presque toujours à ses réflexions une allure d'axiome et pratiquait volontiers les formules qui résumaient logiquement une sensibilité vagabonde, comme pour la mettre au pas. « Ce qu'une fille seule lui tait? Non, le silence ne donne rien à l'homme. Il faut écrire : « Ce qu'une fille seule montre qu'elle lui tait. » Est-ce que je pense cela à cause de Kitany? Elle ne m'a pas montré qu'elle se taisait volontairement. Je l'ai vue rester silencieuse et rien ne me permet de dire qu'elle a fait effort pour se taire. La règle de la tribu détruit sa volonté, se substitue à elle. On est plus libre dans un monastère parce que le sentiment de la liberté peut demeurer très vif chez ceux qui ont voulu tel ou tel assujettissement, même si, parfois, ils en souffrent. Tandis qu'à Belembouke, personne n'a choisi. Mais je raisonne à la manière d'un homme de ma tribu, autant dire que je suis incapable de savoir ce qui se passe ou ne se passe pas au secret de ces êtres dont j'observe les gestes, dont je constate les rites, dont je prends honnêtement les mesures physiques et que j'aligne à la légère sur les mesures mentales et spirituelles de ma race, même lorsque je fais l'effort de les opposer aux miennes. »

Villers entendit longtemps les chants des filles. Leurs voix s'étaient adoucies. Elles ne harcelaient plus, elles berçaient. Il voulut discerner les corps dans le noir et ne vit qu'une tache sombre sur le sable clair : sans doute s'étaient-elles allongées l'une contre l'autre. Il ne chercha plus à les approcher, et se laissa envelopper, caresser par la mélodie dont il savait qu'elle lui était destinée. A quoi devait penser Kitany dans sa hutte? Était-elle jalouse? « Elle n'entend rien. Elle dort. Sottise encore que d'imaginer ce qu'elle pense! » Il essaya alors d'imaginer ce que pensaient les chanteuses et se trouva non moins sot de leur attribuer autre chose que des sensations, puis il prit plaisir à admettre qu'il les avait provoquées et s'endormit sur un contentement d'amour-propre qui cependant ne fut pas assez fort pour l'empêcher de se réveiller insatisfait dès le petit jour. Il sortit de sa case et se dirigea presque comme un automate vers l'endroit où, dans le noir, il avait situé les filles. Il ne découvrit que les empreintes parallèles de trois corps. L'air rafraîchi lui lava l'esprit, et il rentra se coucher en maugréant à la fois contre les chanteuses et contre lui.

Le lendemain, Anako lui demanda s'il désirait voir l'une des filles. Il le fit avec un sourire qui déplut à Villers : il mettait trop d'empressement à jouer l'entremetteur alors qu'on n'attendait rien de lui, et son ton de compréhension rendait sa servilité offensante. « Il espère un pourboire, pensa Villers. Il me considère comme incapable de me passer de femme, et par-dessus le marché il va m'en offrir une que lui-même et les porteurs auront expérimentée avant moi... »

— Pas besoin de femme pour dormir, répondit-il à Anako, en articulant posément, besoin de femme pour la cuisine. Tu diras à Kitany de revenir.

Anako inclina le buste avec déférence :

— Je dirai à Kitany.

Il se dirigea vers la hutte de la jeune femme, et revint très vite :

— Kitany pas là. Partie chercher quelque chose pour manger. Sa maman veut bien venir faire à toi la cuisine.

Villers se demanda si Anako se moquait de lui ou voulait vraiment lui rendre service. Il ne put se maîtriser, et réagit comme si l'offre était une insolence :

— J'ai dit : Kitany, pas sa mère.

Il n'avait pas haussé le ton, mais la phrase était cinglante. Anako s'inclina de nouveau.

— Bien, chef, je dirai pas venir à la maman de Kitany.

Villers passa la journée dans le village. A la tombée de la nuit, il vit rentrer Kitany portant un panier fait d'une peau de chèvre, plein de feuilles et de baies. Elle regardait droit devant elle et ne sembla pas remarquer la présence pourtant toute proche de celui qui la guettait. Le même soir, une cérémonie de guérison devait avoir lieu. Villers avait demandé s'il pouvait y assister. Le chef du village lui avait répondu : « Oui, si la famille veut bien. » Le père avait paru très flatté de l'intérêt que le Blanc prenait à ce qui concernait les siens. Après le repas du soir, Villers se rendit donc à l'endroit où s'accomplissait le rite. Une trentaine de personnes étaient réunies, quelques hommes, beaucoup de femmes, autour d'une pierre plate et d'un amoncellement de braises rougeoyantes sur lesquelles de temps en temps on jetait une branche pour les alimenter. Kitany était là, au milieu d'autres femmes, son bébé sur le dos. Elle leva les yeux vers Villers, lui sourit. Il se trouva assis à côté d'elle sans y avoir réfléchi. Le lieu du sacrifice était arrondi.

Une palissade faite de pieux aiguisés l'entourait. On y pénétrait par une étroite ouverture. L'assistance, très tassée, laissait libre en son centre un espace réservé aux officiants et aux malades qui faisaient cercle eux-mêmes autour de la pierre et du feu. Les malades étaient un vieil homme et un bébé de trois ou quatre ans. Il aurait fallu plutôt dire les « anciens malades », car la cérémonie célébrait leur guérison. On allait restituer aux ancêtres les souffles bénéfiques que, deux mois plus tôt, lors d'une cérémonie d'invocation, on leur avait empruntés pour les attribuer aux mal portants. Le sorcier dirigeait les rites et commandait à la femme qui devait servir d'intermédiaire entre les malades et les ancêtres. Cette femme, les cheveux dénoués sur le dos, avait le regard fixe et des mouvements de la bouche tels qu'on aurait pu croire qu'elle mâchait sans arrêt une nourriture coriace. Le sorcier prit dans un plat de terre une crème faite d'argile blanche et d'huile dont il enduisit son index et il en marqua le front de chaque assistant. Villers, comme les autres, reçut le signe de participation au rite. Le vieillard et l'enfant prétendus guéris furent placés côte à côte. Le premier restait prostré, le second s'agitait et pleurait. Le sorcier les oignit sur le front, les joues et le menton, puis il s'adressa à la célébrante en la regardant droit dans les yeux et en déversant sur elle, de ses mains agiles, tout ce qu'il tirait de sa poitrine. La femme se cambra, se tendit comme un arc et projeta son corps désarticulé vers les malades. Alors les assistants qui avaient apporté de petites courges sèches garnies de cailloux, les secouèrent et proférèrent des sons de la gorge scandés par des battements de mains. La femme, que le sorcier continuait à stimuler, se pencha vers le vieillard et l'enfant, avança son visage tout près d'eux et aspira l'air en hoquetant comme quelqu'un qui asphyxie. Puis elle se redressa, tourna la tête du côté opposé aux patients et sembla expectorer l'air qu'elle venait d'absorber, avec d'autres hoquets qui rappelaient ceux d'un vomissement. Elle récupérait chez les malades les souffles des ancêtres pour les renvoyer aux ancêtres que le sorcier comblait de ses paroles de gratitude. La restitution dura près d'une heure, au bout de laquelle la célébrante épuisée s'écroula sur le sol tandis que les cris des assistants s'amplifiaient.

A la chaleur du foyer s'était ajoutée celle de tous ces corps dont chacun avait accompagné le rythme de son émoi personnel. Villers, assis entre Kitany et une autre jeune femme, se sentait voluptueusement exaspéré par ce mélange de cris et de mélopées et par cette respiration commune qui naissait de la promiscuité. Bien qu'il ne fît pas l'effort de chanter, sa peau était moite comme celle des assistants que la lune lustrait. Contre ses hanches vibrait la cuisse de Kitany. Il y posa la main. Elle ne dit rien mais posa aussitôt la sienne sur la jambe de Villers, et comme il la caressait légèrement, elle l'imita. Il sentit sur son dos une autre main se promener au rythme des chants. Il se retourna discrètement et reconnut l'une des trois filles qui la veille avaient fait le siège de sa hutte. Le sorcier poussa un cri d'oiseau de nuit. Tous les chants cessèrent d'un seul coup. On n'entendit plus que les pleurs du bébé. La célébrante se releva, tenant entre les doigts des charbons ardents qu'elle mit dans sa bouche, mastiqua et cracha au-dessus du feu. Elle recommença plusieurs fois à se nourrir goulûment des braises qu'elle rendait en cendres au foyer. La main de Kitany s'était crispée sur la jambe de Villers. Le sorcier tournait autour de la dévoreuse, l'enveloppait de ses gestes. Soudain, elle sauta sur les tisons et les piétina en hurlant. Puis elle bondit hors du feu et s'effondra comme une morte. Les ancêtres étaient rentrés en possession de leurs souffles. Le vieux toujours engourdi fut emporté par deux hommes, la mère se saisit de son enfant toujours en pleurs. Villers qui avait compris que Kitany aimait à être caressée, voulut amicalement poser sa main sur la main de la jeune femme. Mais elle ne s'y prêta pas et s'écarta brusquement de lui. Comme s'il avait été pour elle un inconnu, elle se leva et partit. Villers, songeur, se retrouva presque seul à côté de la jeune fille qui n'avait cessé d'effleurer son dos. Elle riait de toutes ses dents. Villers agit comme Kitany. Il se leva sans la dévisager et partit en indifférent.

Jusqu'à sa hutte, elle le suivit de loin. Il ferma sa porte. Elle disparut dans la nuit en chantant. « Chante-t-elle pour cacher son dépit, ou par nature? Kitany a-t-elle accepté ma caresse parce que c'était une caresse ou parce que c'était moi? Pourquoi a-t-elle livré sa cuisse et dérobé sa main? A-t-elle voulu m'exprimer un reproche en me quittant si vite et sans me dire au revoir? Mais comment aurait-elle pu faire pour me quitter autrement? Ici « on ne prend pas congé », on se sépare. Pourtant, la jeune fille m'a suivi. Oui, mais Kitany est mariée. Qu'aurais-je voulu? La raccompagner jusqu'au seuil de sa hutte comme « à la ville » on ramène une compagne de soirée, qu'elle soit célibataire ou mariée? » Il rit du spectacle imaginé. « Et pourquoi n'ai-je pas voulu de cette fille qui s'offrait? Parce que je n'ai pas envie d'elle, mais d'une autre. » Il se souvint d'un proverbe qu'Anako lui avait donné comme un conseil certain jour de chasse où il avait méprisé des pintades afin de poursuivre un sanglier. « Il faut tuer la pintade quand elle est là. » Se répétant la phrase, il regardait par les fentes de sa porte en direction de la hutte de Kitany d'où ne filtrait aucune lueur. Si la jeune chanteuse s'était présentée à ce moment-là, il l'aurait accueillie, sinon par plaisir, du moins par curiosité. Il écrivit : « Imbécile qui te comportes en Don Juan. Tu n'es ici qu'un ethnologue. Rengaine ta romance. Et prends des notes. »

Il s'endormit avec l'intention de ne plus faire la fine bouche, et de n'avoir que la simplicité du mâle augmentée d'un juste intérêt professionnel. Pour commencer, il décida d'embaucher la jeune fille comme cuisinière. Mais en sortant de sa hutte, le lendemain matin, il trouva l'interprète devant sa porte à côté de Kitany.

— J'ai dit à Kitany de faire le travail pour toi. Elle veut bien.

Villers vit s'écrouler d'un seul coup toutes ses résolutions, avec un contentement qu'il ne chercha pas à analyser. Il ne pouvait d'ailleurs pas faire autrement que d'accepter la présence de Kitany, sous peine de perdre la face aux yeux d'Anako qu'il avait chargé de recruter la jeune femme. Il s'en convainquit aisément. Il dit : « Demande-lui ce qu'elle veut comme récompense. » L'idée, sinon de récompense, du moins de compensation, était admise à Belembouke, où l'on pratiquait le troc lorsqu'on avait trop de ceci et pas assez de cela. On échangeait, par exemple, deux œufs de tortue contre une pintade. Et les hommes qui emportaient du miel hors de la forêt revenaient avec des cuvettes. Mais comment Kitany passerait-elle de la réalité de l'objet à la notion de service? Elle répondit avec une promptitude telle que Villers eut à peine le temps de se poser la question, mais il eut celui de se dire : « Elle n'a accepté de travailler que pour la récompense. » L'interprète traduisit : « Kitany demande les serviettes.

— Pour quoi faire? »

Anako transmit l'interrogation. Kitany, sans dire un mot, tourna la tête vers son bébé endormi derrière elle.

— Dis-lui que je ne pourrai les lui donner que lorsque je partirai.

Kitany eut une expression de ravissement en écoutant l'interprète. Elle ne demanda pas quand l'étranger partirait. Elle allait travailler pour lui. La promesse comptait, et pas le temps, du moins le temps éprouvé par Villers qui ne put s'empêcher — loyauté un peu enfantine, ou très civilisée — de lui faire préciser qu'il ignorait la durée de son séjour à Belembouke. Il dit « le nombre de jours ». Kitany n'eut pas l'air d'attacher d'importance à ce détail, comme si, pour elle, les serviettes dussent être éternelles et le temps ne pas l'être.

Le temps. Qu'était-il à Belembouke? Une réalité qu'on acceptait comme la vie, sans la définir. Il y avait les jours et les nuits dont la durée ne variait presque pas d'un bout de l'année à l'autre, il y avait les métamorphoses de la lune qui servaient de point de repère, et la saison des pluies à laquelle correspondaient les plantations. Il y avait les arbres qui poussaient, les enfants qui devenaient des adultes et les enfants qui mouraient, la mort ne se situant pas plus que la vie dans le temps.

Ce matin-là, Kitany vint regarder de tout près la montre que Villers portait à son poignet. Elle s'adressa à Anako qui traduisit :

— Kitany demande : « Pour quoi faire ta montre? »

— Elle n'a pas dit : ta montre!

— Non, c'est moi qui dis comme ça. Elle a dit : ta petite boîte.

Villers chercha la réponse. Il ne pouvait dire « cela sert à savoir l'heure », puisque l'heure n'existait pas à Belembouke. Il aurait fallu connaître la langue de Kitany et lui donner soi-même les explications. Rien de satisfaisant ne lui vint à l'esprit et il ne put que dire à Anako : « Tâche de lui expliquer ce que c'est. » Anako parla. On sentait qu'il cherchait ses mots. Kitany l'écoutait avec une attention d'écolière studieuse. Elle parla aussi, semblant questionner. Elle appliqua son oreille sur la montre :

— Qu'est-ce que tu lui as dit?

— J'ai dit : « C'est petite bête qui tourne dans petite boîte. »

— Et qu'est-ce qu'elle a demandé?

— Elle a demandé : « Pour quoi faire petite bête? »

— Et qu'est-ce que tu as répondu?

— J'ai répondu : « C'est pour dire au Blanc quand c'est le temps de manger, ou le temps de marcher, ou le temps de dormir. »

— Tu crois qu'elle a compris?

— Moi sais pas.

Anako savait-il même ce qu'était le temps? Il connaissait différentes sortes de temps, et cela lui suffisait pour vivre. Villers regardait le visage de Kitany tandis qu'elle appuyait la tête contre son poignet pour écouter la montre. La jeune femme avait l'expression ravie d'un enfant qui découvre un beau jouet que son possesseur lui prête. Il rentra dans sa hutte et en sortit, portant son réveille-matin dont le tic-tac s'entendait de loin. Kitany dit :

— Grosse bête!

et s'extasia lorsque Villers fit marcher la sonnerie. Anako riait d'elle, pour montrer qu'il était civilisé, lui. Elle prit le réveille-matin, s'assit et voulut le faire entendre à son bébé somnolent qui entrouvrit les paupières et les referma aussitôt.

La montre disait à Villers que c'était l'heure de son rendez-vous avec des hommes qui savaient être exacts dans un temps dont ils ignoraient tout. Il laissa là Kitany, lui donna du poisson séché à préparer pour le repas et se rendit avec Anako auprès du chef de village à qui il avait demandé de réunir quelques pères de famille. Il ne prenait plus la peine de dire pourquoi il désirait avoir un entretien. Il avait constaté que ces hommes répondaient toujours à l'appel, comme si rien de plus urgent ne pût se présenter à eux. Jamais aucun ne partait avant que Villers donnât lui-même le signal de la séparation. Le chef et les pères l'attendaient ce matin-là devant la hutte du chef, assis en cercle, comme d'habitude, silencieux, mâchant des herbes. Il aimait deviser avec ces hommes qui avaient le même ton pour parler des morts que des sauterelles. Le lyrisme, les effets de sentiment leur étaient inconnus. Ils mettaient sans doute toute leur emphase, l'inévitable emphase humaine, dans les chants des cérémonies rituelles. Et le sorcier avec ses grands gestes, ses grands cris, ses grands airs, personnifiait ce que toute société doit avoir de théâtral. A chacun son métier. Le métier de celui-là était d'être nourri par le village pour représenter à lui seul la voix, les invocations et les imprécations de tous.

Villers avait interrogé le sorcier sur la Mort, et il s'était vite aperçu que, comme pour le temps, la majuscule n'était pas de mise à Belembouke où l'on ne s'intéressait qu'aux morts. Tous les efforts des vivants semblaient s'inspirer du besoin de ne pas rompre avec les disparus, sans qu'on pût démêler exactement ce qui était dicté par le respect des défunts, la fidélité à leur égard et ce qui l'était par le désir de survie des vivants eux-mêmes. A la question : « Pourquoi nourrissez-vous les morts? », Villers n'avait jamais obtenu que deux réponses très matérielles : « Pour qu'ils n'aient pas faim » et « Pour qu'ils nous donnent à manger. » Cela pouvait se résumer ainsi, mais jamais les réponses n'étaient liées dans la bouche des informateurs. C'était comme un échange de bons procédés entre les vivants et les morts. En apparence seulement, car à y regarder de plus près, on s'apercevait qu'un seul but comptait : s'attirer la bonne grâce des défunts, éviter leurs réclamations, leurs représailles. On les nourrissait donc pour leur assouvissement et pour qu'étant assouvis, ils ne fussent plus tentés de disputer aux vivants leur subsistance. Villers avait espéré qu'on finirait par lui répondre :

— Nous nourrissons les morts parce qu'ils continuent, ou pour qu'ils continuent à vivre ailleurs.

Mais cela allait sans doute de soi. Ou bien était-ce déjà trop interpréter qu'admettre l'évidence d'une telle conviction? Il avait cru pouvoir se faire éclairer sur un sentiment plus intime en demandant :

— Est-ce que les vivants sont contents à l'idée de penser qu'ils seront nourris après leur mort?

On lui avait répondu qu'il n'y avait à être ni content ni mécontent, et que les choses se passaient comme elles devaient se passer.

Il avait alors demandé :

— Où vont les morts? évitant de dire « où vivent les morts? », ce qui aurait tout compliqué, mais pas plus à Belembouke qu'ailleurs.

— Les morts vont au pays des morts.

— Où est ce pays?

— Il est dans la terre.

— Comment sait-on qu'un homme est mort?

— Quand il ne bouge plus et qu'il sent mauvais.

— Si le mort n'est pas content, est-ce qu'il revient comme un homme?

— Non. Il revient comme un papillon, ou comme un serpent, ou comme un lézard.

— Est-ce qu'il revient pendant le jour?

— Non. Seulement la nuit.

— Est-ce qu'on a le droit de tuer un papillon, un serpent, ou un lézard?

— Oui, pendant le jour, jamais pendant la nuit.

A Belembouke, les morts n'étaient pas aimés. On les craignait. Vivants et vivantes s'aimaient-ils entre eux? Villers désirait le savoir. C'était à cette intention qu'il avait réuni ce jour-là les pères de famille.

— Pourquoi avez-vous épousé une fille et pas une autre?

— Parce qu'on voulait celle-là.

Pour son usage personnel, Villers transposa la traduction qui était une lapalissade en « parce qu'on a chacun ses préférences », ou plutôt « sa préférée », ce qui était plus concret.

— Est-ce que, seul, l'homme a le droit de choisir?

— Non, la femme peut choisir aussi.

A Belembouke, on était donc resté fidèle à la loi des animaux qui se cherchent de part et d'autre, cette loi que les pays évolués avaient enfin retrouvée après une période artificielle où les sociétés dites raffinées avaient pris l'aspect d'immenses salles de bal, avec les filles condamnées devant les tapisseries à attendre qu'on les choisît.

— Comment appelez-vous ce qui pousse un homme vers une fille?

Généralement, l'un des interlocuteurs répondait et les autres approuvaient ce qu'il avait dit. Jamais ne s'ouvrait de discussion. La pensée était collective. Aucun des hommes n'accaparait le dialogue. Un équilibre s'établissait entre les partenaires avec une juste proportion de réponses, à l'initiative de chacun d'eux. La dernière question de Villers provoqua un silence général. On ne la comprenait pas. Le chef se la fit répéter, puis il dit :

— Nous n'appelons pas cette chose, nous voulons seulement.

On se contentait donc de désirer, et encore ne savait-on pas qu'on désirait : on voulait, tout simplement. L'un ou l'une voulait, et l'autre voulait bien.

Et la jalousie? Ce mot-là, on ne le connaissait pas non plus. Mais après explication, Villers comprit qu'on n'était pas sans éprouver le sentiment. Pourtant, il semblait n'exister que pendant la concurrence, avant les épousailles. Une fois mariés, les hommes restaient libres, les femmes fidèles. Les femmes ne reprochaient pas à leurs maris de pourchasser les filles. Et les époux n'avaient que des femmes vertueuses. Tout était simple, pourvu que les filles célibataires fussent assez nombreuses.

Le même matin, Villers réunit, à l'écart des hommes, les jeunes mères de Belembouke et leur fit poser par l'interprète la même question qu'à leurs maris.

— Pourquoi avez-vous épousé un homme et pas un autre?

Il obtint la même réponse : « Parce qu'on voulait celui-là », mais faite par dix bouches à la fois et non par un porte-parole du groupe.

— Comment appelez-vous ce qui pousse une fille vers un homme?

Au lieu du silence qu'avait provoqué cette question chez les hommes, ce fut une nuée d'exclamations qui l'accueillit chez les femmes. Il en ressortait que, sur ce chapitre, on était dans la même ignorance que les hommes mais qu'on désirait avoir l'air d'en savoir beaucoup plus qu'eux. On s'étonnait en outre, de la question. Comment pouvait-elle se poser? Une femme allait vers un homme parce qu'elle voulait cet homme, et pas un autre.

Villers savait déjà qu'il appartenait aux mères de choisir le nom des enfants. Maintenant, il voulait savoir pourquoi. « Parce qu'il en a toujours été ainsi », lui fut-il répondu.

Il voulut alors se faire dire ce qui incitait les mères à donner tel ou tel nom :

— C'est comme elles veulent.

— Est-ce le nom d'un ancêtre, d'un animal, d'une plante ou d'autre chose?

— C'est comme elles veulent.

Villers apprit que ce pouvait aussi être un nom qui n'exprimait, du moins dans le langage actuel, rien d'autre que des sonorités.

Il s'était efforcé de ne pas paraître s'intéresser spécialement à Kitany, laquelle s'était montrée tantôt plus réservée, tantôt moins craintive que d'autres. Il y avait celles qui cherchaient sans cesse à parler et celles qui se cachaient le visage dans les mains en refusant de répondre. Kitany, elle, n'avait jamais répondu qu'à son tour, mais sans se faire prier, et brièvement. Il demanda à trois mères quel était le nom de leur bébé. Parmi elles, il ne put s'empêcher de choisir Kitany. Son fils s'appelait Ramiako, ce qui ne signifiait rien. Les deux autres bébés avaient pour noms : « Le fils du soleil » et « Tortue pleine d'œufs ».

— Pourquoi as-tu appelé ton fils Ramiako?

— Parce que c'était le nom d'un ancêtre.

— Est-ce pour honorer l'ancêtre ou parce que tu trouves le nom joli?

Elle ne sut pas répondre. Aux trois femmes, il demanda : « Le mari est-il toujours d'accord sur le nom choisi par la mère? », provoquant un accès d'hilarité. Pourquoi les pères ne seraient-ils pas d'accord puisque « les mères voulaient »? Les femmes ici savaient se faire payer la liberté qu'elles accordaient aux hommes. Chacun y trouvait son compte, les enfants les premiers.

Après cette enquête et avant de regagner sa hutte,

Villers passa chez la mère de Kitany et lui fit demander :

— Qu'est-ce que veut dire : Kitany?

— Rien.

— Pourquoi alors as-tu appelé ainsi ta fille?

— Parce que j'ai voulu.

Et la femme chanta : « Kitany, Kitany, Kitany... » Sans doute signifiait-elle qu'elle trouvait les sons harmonieux.

— Tu as choisi ce nom parce que tu aimes l'entendre quand tu chantes?

— Moi sais pas.

Et la femme continua à psalmodier : « Kitany, Kitany, Kitany... » en se désintéressant de Villers.

Décidément, à Belembouke, se vouloir et vouloir étaient une limite et une explication à presque tout. Ailleurs, le mal venait peut-être de ce qu'on voulait ne pas se borner à constater.

La fille au nom-qui-ne-signifiait-rien était en train de préparer le repas de Villers quand celui-ci la rejoignit. Elle avait disposé sur une pierre plate une assiette avec un couvert et un gobelet. A côté, elle avait placé une courge remplie d'eau protégée du soleil par des plaques d'écorces. Du récipient, où cuisait à feu doux le poisson, montait une fumée aromatisée. Villers s'assit. Avant même qu'il n'eût eu le temps de le lui demander par un signe, elle le servit avec une grosse cuillère de bois. Anako n'était pas là. Villers devait donc se faire comprendre de Kitany avec quelques mots et beaucoup de gestes. Il voulut la convier à manger en sa compagnie, mais cette fois encore, il fut devancé : elle s'attribua une autre assiette et la remplit. Elle n'alla pas jusqu'à se servir d'une fourchette, et mangea le poisson avec les mains. De temps en temps, elle léchait l'un ou l'autre de ses doigts ou se passait la langue sur les lèvres, comme une petite chatte raffinée.

— C'est bon? lui dit-il.

Elle fit oui de la tête en souriant. Quand il eut achevé le poisson, elle lui donna des coques de baobab qu'elle avait au préalable cassées et d'où elle avait extrait la pulpe à goût d'amande et de framboise. Elle suça en même temps que lui cette pâte sèche et rafraîchissante, crachant les gros pépins, non pas comme faisaient les autres villageois, devant eux sur le sol, mais à la manière de Villers, dans le creux de la main. Elle les posait ensuite délicatement par terre près de son assiette. Sans qu'il eût d'explication à lui donner, elle lui offrit, pour terminer, un café bien chaud, dont elle ne but pas. Puis elle rassembla la vaisselle et la nettoya avec du sable blanc contenu dans un panier fait de peaux de chèvres tressées. Tandis qu'elle essuyait les objets en utilisant l'une des serviettes qu'elle convoitait, Villers rentra dans sa hutte pour s'y reposer. Il avait une arrière-pensée : sans en avoir rien laissé paraître, Kitany avait observé tout ce que faisait le porteur qui, jusque-là, préparait les repas et elle s'y conformait scrupuleusement. Elle allait donc pénétrer dans la hutte afin d'y ranger les ustensiles de cuisine. A l'abri des regards, il risquerait peut-être un geste et saurait ce qu'elle attendait ou n'attendait pas de lui. Il s'assoupit sans le vouloir. Quand il se réveilla, la vaisselle n'était pas déposée dans la hutte, mais placée, de façon ordonnée, à l'extérieur, tout près de la porte, et Kitany était partie. Sur le seuil de sa case, elle donnait le sein à son bébé que, pendant le repas, elle avait confié à sa mère.

Villers résolut aussitôt de — il ne pouvait dire se venger, car de quoi se serait-il vengé? — de prendre sa revanche, et de la prendre non sur Kitany ignorante de son pouvoir, mais sur lui-même qui n'avait que trop conscience de son échec. Il passa l'après-midi avec les chasseurs du village pour s'informer de leurs usages. Son travail terminé, il dit à l'interprète de prier la jeune chanteuse de venir le retrouver le soir-même après son repas, lorsqu'il serait seul. Il regagna sa hutte sans se presser, voulant se démontrer combien il s'était détaché de Kitany, mais il suffit qu'il l'aperçût en train de s'affairer autour de son feu et ses enjambées furent plus rapides. La nourriture dégageait une étrange odeur de grillé. Kitany avait jeté des sauterelles à la poêle. Comme toujours, elle offrait un visage calme et souriant, ses gestes n'étaient pas rapides, mais très sûrs et efficaces. Sans doute la présence du bébé collé à son corps lui avait-elle donné l'habitude des mouvements bien équilibrés, une habitude qu'elle conservait même lorsqu'elle ne portait pas l'enfant. Elle avait pris l'initiative de la friture de sauterelles. Villers ajouta au menu le contenu d'un de ses derniers sachets de soupe à la tomate. Elle fut comme le matin une cuisinière attentive, experte et parut beaucoup apprécier le goût de la tomate. S'emparant d'une des petites cuillères de métal, elle la remplit de soupe et la porta à la bouche de son bébé qu'elle avait couché près d'elle sur le sable, recouvert d'une couverture de coton, don de Villers. Le bébé suça d'instinct, puis cracha le liquide en pleurant. Elle prit à témoin Villers sans rien dire, mais avec une mimique très vive du visage qui signifiait : « Tu vois, il n'aime pas. Pourtant, c'est bon. Je ne comprends pas. » Elle ne prépara pas le café. Sans doute avait-elle remarqué que Villers n'en prenait pas le soir et fit de nouveau la vaisselle qu'elle rangea à la porte de la hutte. Puis elle replaça le bébé sur son dos, salua Villers selon la formule d'usage : « Que les bons esprits te protègent », et s'enfonça dans la nuit.

Comme si elle avait guetté le départ de Kitany, la jeune fille que Villers avait fait appeler, surgit près de lui. Villers ne l'avait jamais autant vue. Elle était plus jeune que Kitany, plus petite aussi. Moins robuste de corps, avec un visage pourtant menu, elle n'avait pas la féminité de la jeune maman. Elle s'assit à côté de Villers. Elle lui sourit de toutes ses dents, mais sans le regarder. Villers lui offrit du sucre qu'elle croqua très vite. Le feu projetait sur la figure de la jeune fille des éclats qui faisaient ressortir ses pommettes saillantes, ses yeux un peu à fleur de peau, ses lèvres trop épaisses, mais aussi le modelé de sa poitrine luisante. Villers rentra dans sa hutte. Elle l'y suivit. Il faisait encore nuit noire lorsqu'il s'avisa qu'il ne voulait pas que la fille demeurât plus longtemps avec lui. Auparavant, il s'était laissé aller à son instinct sans raisonner, sans rien éprouver d'autre qu'un désir à satisfaire beaucoup plus que le désir de la fille elle-même. Maintenant, devant ce corps inconnu qui dormait près de lui et dont il n'attendait plus rien, il n'avait qu'une envie : s'en débarrasser. Il voulut réveiller la fille et s'y prit d'abord avec ménagement. Mais elle était plongée dans un de ces sommeils animaux qui possèdent tout l'être. Elle ne réagit pas. Alors il la secoua. Elle se dressa et poussa un cri de peur en face du Blanc dont elle ne se souvenait plus dans la surprise du réveil. Comment lui expliquer qu'elle devait s'en aller? Villers savait dire le mot « partir ». Il le répéta plusieurs fois. La fille, les paupières lourdes, semblait ne pas comprendre. Il lui montra la porte. Et, tout de suite, il eut honte de ce geste qui ne se voulait pas offensant, mais qui était celui qu'on réservait à un chien encombrant. La fille, soumise, se leva. Elle rajusta autour de ses hanches le morceau de tissu qui était son seul vêtement. Villers chercha ce qu'il pourrait lui donner. Aussitôt, il pensa qu'elle n'était pas venue pour se faire offrir quelque chose, et qu'il ne fallait surtout pas la traiter comme une prostituée. Aussitôt après, il pensa le contraire : il fallait qu'un cadeau lui fût fait, car elle ne savait pas qu'il existait des femmes qu'on payait. Elle interpréterait le cadeau comme un rite complémentaire, le geste final de l'acte d'amour avec un Blanc. Elle était déjà sur le seuil de la porte, plus endormie que penaude. Villers, toujours prompt au scrupule, eut l'image d'une fille peinée. Sans trop réfléchir, il saisit un foulard qui pendait au-dessus de sa tête, et le tendit à la fille. Elle le saisit plus qu'elle ne le reçut, le serra contre elle et se sauva.

Villers s'endormit difficilement au petit jour et ne se réveilla qu'en fin de matinée lorsque le soleil tombait droit sur le village. Il pensait trouver Kitany près de sa porte, dans l'attente du repas à préparer. Mais elle n'était pas là. Il la vit occupée à entretenir son propre foyer à côté de son bébé. Il se dirigea vers elle, la salua selon la formule rituelle. Elle lui répondit. Alors, il désigna du doigt tour à tour sa case, sa poitrine, elle Kitany, le feu et mima celui qui mange et boit. Kitany le regarda bien en face, puis fit le signe non avec la tête. Il recommença son manège. Elle recommença à dire non. Villers s'en fut trouver Anako pour se faire expliquer le refus qui n'était peut-être dû qu'à une mauvaise interprétation par Kitany de ce qu'il lui demandait. Elle parla calmement à Anako qui traduisit :

— Kitany ne travaillera plus pour toi parce que tu as choisi une jeune fille.

Villers aurait voulu démontrer à Kitany que la jeune fille avait été choisie pour autre chose que le travail, mais il se demanda si précisément ce n'était pas cela qu'elle lui reprochait. Il dit à Anako de traduire mot à mot :

— Je n'ai pas choisi la jeune fille pour le travail.

Kitany parla de nouveau :

— Quand une jeune fille est choisie, elle s'occupe de la nourriture.

Villers ne pouvait savoir si Kitany exprimait ainsi une règle de la tribu ou un jugement personnel. Et il était inutile qu'il le lui fît demander par l'interprète qui, lui-même, n'aurait pas compris la question. Il se contenta de dire :

— La jeune fille ne reviendra plus.

Kitany continua à hocher la tête négativement en proférant les trois sons de la gorge qui signifiaient le refus, puis elle s'occupa de son feu. Villers la salua. Elle répondit avec sérieux et politesse mais sans détourner son regard du foyer.

Villers se passa de toute aide pour son repas de midi, qui fut rudimentaire. Le soir, il ne se décida pas encore à recourir à l'un de ses porteurs. Il ne voulait pas que Kitany pût se croire remplacée par qui que ce fût. Alors qu'il se faisait cuire une soupe d'herbes, une ombre se glissa près de lui. C'était la fille qu'il avait fait venir la veille. D'instinct, il avait cru que c'était Kitany. Il n'en accueillit que plus mal la visiteuse. Elle s'était assise à ses côtés, et elle riait en baissant les yeux. Elle avait noué autour d'un de ses bras le foulard qu'il lui avait donné. Même s'il n'avait pas désiré Kitany, il n'aurait plus voulu de cette compagne occasionnelle, du moins le supposait-il. Elle ne faisait aucun geste. Mais avec beaucoup de naturel elle avait pris une pose provocante. Cuisses écartées, elle pointait son buste nu vers le feu. Loin de l'attirer, ce corps lui inspira du dégoût, car il lui proposait trop crûment ce qu'il attendait en vain d'une autre. Il fit non avec la tête et la main. La fille voulut se rapprocher de lui. Alors il se leva et, le bras tendu, répétant le geste de congédiement de la veille, il lui signifia sa volonté de la voir partir. La fille, toujours assise, dit beaucoup de mots qu'il ne comprit pas, comme des litanies, avec une expression du visage où apparaissait de l'entêtement, mais non du chagrin. Villers la prit par le bras, la força à se lever. Elle le toisa, et les litanies se changèrent en invectives. Il eut sans doute un air si menaçant qu'elle recula. Puis elle partit en courant. Villers aussitôt jeta un regard en direction de la hutte de Kitany. Avait-elle observé la scène? Il ne savait trop s'il devait ou non le souhaiter. Le lendemain matin, lorsqu'il sortit de sa hutte, Kitany était assise près de la porte. Elle avait allumé le feu et faisait chauffer l'eau dont il avait besoin pour se raser. Il fut surpris d'en éprouver autant de plaisir. Comme si de rien n'était, il la salua. Elle lui rendit son salut, sans sourire. Il passa la matinée à recopier des notes, pour n'avoir pas à quitter sa hutte. Kitany prépara le déjeuner en silence. On avait apporté à Villers des couleuvres qui se mangeaient comme des anguilles. Elle les avait écorchées et leurs peaux mordorées séchaient sur des bâtonnets piqués en terre. On en ferait des lanières pour lier les bras et les jambes des morts. Kitany partagea le repas de Villers. Elle semblait ne pas trop oser le regarder. De son côté, il éprouvait quelque gêne à être familier avec elle. Mais elle mettait beaucoup d'empressement à le servir, et il n'en mettait pas moins à lui sourire pour lui prouver qu'il était content de ses services. Après le déjeuner, il ne rentra pas dans sa hutte pour s'y reposer. Quand l'interprète vint le chercher afin de poursuivre l'enquête sur la chasse, il ne le chargea de transmettre aucune question à Kitany. Il se contenta de dire à celle-ci en lui donnant la pintade qu'un chasseur lui avait apportée :

— Tu viendras ce soir.

Elle acquiesça par un mouvement de la tête.

Dans l'après-midi, le chef du village fit cadeau à Villers d'une énorme carapace de tortue pour boucher l'ouverture de sa hutte. Des hommes jeunes venaient de la rapporter de la côte. Ils étaient trois, que Villers ne connaissait pas. Il fut traversé de cette pensée : « Pourvu que le mari de Kitany ne soit pas du nombre », mais n'osa pas demander à Anako de s'en informer. Il était bien évident que si l'un des pêcheurs avait été le mari de Kitany, il s'en serait aperçu, puisque la hutte de la jeune femme était proche de la sienne. Sa réaction — dont il comprit aussitôt l'inanité — lui prouva combien il était trop préoccupé par Kitany. Et il s'en voulut d'avoir pu souhaiter que les risques de veuvage fussent accrus pour elle.

Le soir, elle attendait Villers. Son bébé dormait dans le sable, les deux couverts étaient installés, la pintade plumée et vidée était posée sur une assiette. Il n'y avait plus qu'à la faire rôtir. Tandis que Kitany tournait et retournait lentement la broche, le fumet se répandait dans l'air tiède qui exhalait lui-même des senteurs de feuilles épicées qu'on aurait dit accumulées au ras du sol par un petit souffle de vent. Villers aimait ce moment où l'on ne discernait plus les cases habitées que par le foyer entretenu à côté de chacune d'elles, avec les silhouettes des habitants qui se découpaient sur les clartés ou s'estompaient dans les fumées mêlées de vapeurs de cuisine. Il songeait à ces trois existences rassemblées si hasardeusement auprès de son foyer : l'enfant inconscient qui dormait là comme il aurait dormi n'importe où, la jeune femme dont il savait maintenant qu'elle voulait avoir sa place à ses côtés sans deviner ce qu'elle attendait de lui, et lui-même qui savait ce qu'il attendait d'elle sans être sûr de l'obtenir, plus emprunté dans son désir qu'il ne l'aurait été avec une coquette compliquée ou l'une de ces femmes simples et convoitées, mais très vertueuses, que l'on craint de choquer.

Kitany resterait peut-être une servante. Il ne saurait jamais si elle avait souhaité recevoir de lui autre chose que des morceaux de tissu... Il n'y avait aucune raison pour que ce soir tout ne se passât pas comme d'habitude. Kitany ferait la vaisselle, la rangerait, replacerait son enfant sur son dos et regagnerait sa hutte. Mais le vent en avait décidé autrement : de ténu qu'il était, il devint soudain très violent, et Belembouke, « village de la poussière », justifia son nom. Toutes les fumées s'inclinèrent dans un sens et furent emportées par une bourrasque qui les fit déferler avec une marée de sable. En quelques minutes, les flots de poussière recouvrirent les objets et les êtres. Kitany saisit son enfant et rentra dans la hutte où Villers la rejoignit aussitôt, fermant l'issue avec la carapace de tortue sur laquelle les grains de sable grésillèrent. Il alluma une bougie. Kitany s'était allongée et donnait le sein à son bébé effrayé qui pleurait. Villers lui aussi s'était couché sur une natte. Il laissait son regard errer vers le faîte de la hutte que, de l'extérieur, le vent rasait et laminait en sifflant. Mais les parois de branches étaient assez épaisses pour qu'aucun souffle, aucune poussière n'atteignît les corps. Villers retrouvait des impressions d'enfance lorsque, bien au chaud dans son lit, il entendait la pluie crépiter sur un vieux toit d'ardoise et dévaler dans les tuyaux avec des bruits de déglutition qui le faisaient rêver à des géants en train de se gorger d'une eau magique.

Il abaissa son regard et le porta vers Kitany dont les yeux étaient à demi clos. Elle supportait d'une main l'un de ses seins pour l'offrir plus commodément à l'enfant. La tempête semblait s'être installée. Les rafales, par instants, apportaient les échos de la forêt tourmentée, et des feuilles arrachées venaient heurter la carapace avec un crissement qui se distinguait de la petite grêle de sable comme une douceur froissée à travers les duretés du minéral.

Au bout d'une demi-heure, l'enfant s'était endormi, pelotonné au flanc de sa mère qui s'étirait doucement en prenant soin de ne pas le bousculer. Elle exprimait une détente d'animal confiant, comme une chatte qui vient d'allaiter ses petits se met sur le dos. Les yeux de Villers étaient tout près du buste de Kitany, ses mains touchaient presque celles de la jeune femme. Elle tourna un peu la tête vers lui, mais sans changer de position, et elle eut un sourire. La main de Villers se posa sur le haut du bras et doucement remonta vers l'aisselle puis vers la poitrine. Kitany souriait toujours. Il ne réfléchit plus et se laissa emporter par l'espèce de fatalité de sa caresse en la donnant à ce buste qui ne se dérobait pas. Kitany était mieux que consentante. Elle semblait appeler la tendresse de la main. Étendue, les yeux fermés, elle se livrait à l'attouchement, et elle y prenait un plaisir dont Villers ne pouvait douter. Il éprouvait lui-même une sensation qui dépassait celle de la douceur de cette peau, de la fermeté de ces seins sous ses doigts. Cela, il avait pu le connaître avec la jeune fille, deux jours auparavant. Kitany lui donnait en plus, lui donnait d'abord les joies de la conquête et de la surprise. Il ne lui demanda rien d'autre ce soir-là. Et comme elle n'avait fait aucun geste qui pût laisser entendre qu'elle voulait davantage, il posa sa tête contre la poitrine à laquelle il frotta doucement sa joue. Kitany appuya l'une de ses mains sur le visage, effleura la tempe et immobilisa ses doigts sur la nuque. Il en fut plus ému que de toute autre caresse. Longtemps, ils restèrent ainsi, tandis que le vent de sable soufflait, crissait, ruisselait le long de la hutte. Villers s'assoupit. Il fut tiré de son inconscience par les pleurs du bébé que sa mère en s'endormant avait pressé entre elle et le sol. Villers se redressa, Kitany prit l'enfant dans ses bras, lui redonna le sein. La tornade avait cessé. Quand le petit fut rassasié, Kitany se leva, Villers ne chercha pas à la retenir. Elle lui sourit, il ne savait comment se séparer d'elle. Il voulut lui serrer la main dans les siennes réunies. Mais elle refusa le geste avec force. Son visage eut une expression choquée. Il se pencha vers elle et posa rapidement les lèvres sur son épaule. Elle sourit de nouveau. Alors, il déplaça la carapace. Elle sortit et s'éloigna dans la nuit, d'un pas calme, sans se retourner.

Le lendemain, très tôt, Villers fut réveillé par des allées et venues près de sa hutte et par des bruits de vaisselle. C'était Kitany qui essuyait les plats et les couverts enduits de sable. Elle le salua avec gaieté.

Il partit toute la journée, sûr maintenant de la retrouver le soir, mais incertain de la conduite qu'elle adopterait à son égard. Accepterait-elle de rentrer dans la hutte, même si elle n'avait pas à s'y mettre à l'abri? Il attendit avec impatience le moment où elle aurait fini son travail, et il le fit, allongé sur sa natte, à la lueur d'une bougie, essayant de rédiger des notes, mais n'y parvenant pas, trop préoccupé des mouvements de Kitany qu'il observait par l'ouverture de la porte. Comment lui dirait-elle bonsoir? Il lui sembla qu'elle était plus lente que d'habitude, qu'elle n'en finissait pas de ranger les affaires. Tout à coup, son buste assombrit le rectangle où s'inscrivait le ciel scintillant. Elle avait replacé l'enfant sur son dos et elle prononça, penchée en avant, les mots du salut de la nuit. Villers se leva, prit la main de Kitany et la fit pénétrer dans la hutte. Elle ne résista pas. Il lui indiqua qu'elle avait à s'asseoir. Elle s'accroupit près de lui. Il dit : « Reste » en effleurant de la main l'un des bras de la jeune femme. Elle ne répondit rien mais dénoua le tissu qui serrait sa poitrine, prit sur ses genoux son bébé et, s'étant allongée, lui donna le sein. Villers ferma l'entrée avec la carapace. Il sentait qu'il avait gagné. Aussi ne se dépêcha-t-il pas, lorsque l'enfant se fut endormi, de faire les gestes que Kitany sans doute attendait. Il voulait savoir si elle les provoquerait. Mais elle ne prit aucune initiative, et se contenta de se détendre sur le dos comme la veille, l'enfant à côté d'elle, la poitrine et les flancs dévoilés, les yeux fermés. Il s'approcha d'elle et la caressa, osant cette fois-ci détailler la chair gonflée de sève dont les veines bleues disaient la fragilité. Il mit sa tête contre celle de Kitany et ses lèvres progressèrent vers les lèvres serrées qui n'eurent aucun frémissement lorsqu'il les atteignit. Son baiser ne trouva pas d'écho. Il se fit insistant, entrouvrit de force cette bouche charnue et bientôt sentit une réponse, tandis que sa main continuait à caresser le buste. Kitany tendit son corps et gémit. Elle referma l'un de ses bras sur Villers qu'elle plaqua contre elle. Il pensa qu'elle se donnait à lui et sa main fut plus audacieuse. Alors Kitany se redressa, le repoussa. Agissait-elle comme toutes les femmes qu'il avait connues : consentantes mais après un simulacre de résistance qui faisait partie du cérémonial? Fallait-il qu'il se montrât un peu brutal pour être juste assez viril? Un instinct lui dit de ne pas insister, qu'elle était sincère. Il ne l'inquiéta plus avec ses gestes. Aussitôt, elle se recoucha. Il appliqua ses bras contre les flancs de Kitany, mais immobiles comme l'était sa bouche collée à la bouche offerte. Kitany ne bougeait pas, révélant tout ce qu'elle éprouvait par les seuls battements de ses paupières. Il chercha son regard, le croisa et, l'espace de deux secondes, le captura. Elle avait une expression de douceur confiante en même temps que de joie physique. Aussitôt après, elle referma les yeux, comme si elle avait été intimidée. Il sut trouver dans ce don incomplet mais d'une certaine manière achevé la satisfaction de son désir. Et ce fut lui qui, le premier, desserra l'étreinte. Comme la veille, avant qu'elle ne sortît, il posa ses lèvres sur l'épaule nue qui semblait attendre la caresse. Sans doute Kitany avait-elle pris ce baiser pour un rite de politesse chez les Blancs.

Le lendemain matin, il pria l'interprète de la prévenir qu'il irait dans la forêt et ne rentrerait que le soir. Sur le chemin du retour, il imaginait avec plaisir le feu auprès duquel elle l'attendrait, et les surprises que pourrait lui prodiguer une intimité dont il ne doutait pas qu'elle serait bientôt sans réserve. « Du plaisir donné par la patience quand on sait qu'elle est une arme. » Il avait écrit cela le matin même sur son carnet comme un commentaire à l'expression : « S'armer de patience. » Marchant à travers la forêt, il se comparait à un chasseur à l'affût. Et, tout compte fait, il se trouvait plus rusé que délicat. Mais certaines habiletés ne sont-elles pas des délicatesses? Puis il s'étonnait de l'attitude de Kitany, si réservée dans l'abandon, si désireuse et farouche. C'était la première expérience de ce genre qu'il faisait : d'habitude, les femmes de la brousse se donnaient ou se refusaient sans façons. Elles ne se refusaient presque jamais. Il est vrai qu'il s'intéressait à des jeunes filles ou à celles qu'il prenait pour telles. Il n'avait échoué qu'avec des épouses ou des mères, et encore pas avec toutes. Kitany, selon la règle, aurait dû le repousser définitivement ou consentir très vite à ce qu'il désirait. Jouait-elle? Mais pourquoi aurait-elle joué? Quel intérêt avait-elle à le faire attendre?

Villers s'étonnait ensuite de découvrir en lui autre chose que de l'amusement d'amour-propre. Il ne s'amusait pas, il s'intéressait. Est-ce qu'il n'allait pas jusqu'à s'émouvoir un peu? « Non, je n'ai pas d'émotion à gaspiller. Mais je fais plus que m'intéresser, je suis intrigué par elle qui n'a que son corps de petite femelle à me donner, et le défend, tout en l'offrant, comme si elle pouvait me donner davantage. Intrigué par moi aussi qui manœuvre, patiente, espère mieux que je n'ai su le faire avec tant de femmes dites raffinées. »

Il pressait le pas pour voir plus vite rougeoyer le foyer ranimé par Kitany devant sa case. Mais ni le feu ni la femme ne l'attendaient. Le village était obscur sauf en un point où de vives lueurs s'élevaient, qui révélaient le rassemblement de tous les habitants autour d'une hutte qu'une chaîne de feux isolait des spectateurs assis et silencieux. Parmi ceux-ci, Villers retrouva l'interprète. Il apprit ainsi qu'une femme, l'épouse d'un chef de famille, était morte dans l'après-midi. La veillée funèbre venait de commencer. Le corps, placé sur une claie, faisait face à une ouverture pratiquée dans la case à l'opposé de la porte-carapace. C'est par cette issue spéciale que serait emmené le cadavre afin de tromper les mauvais esprits qui l'attendaient à la porte des vivants.

Dans la nuit traversée de brusques éclats de flammes où brillaient les visages et les bustes, Villers cherchait à retrouver Kitany. Il l'aperçut enfin, tenant son bébé sur les genoux, accroupie en tailleur au milieu d'autres femmes. Non loin de là, il prit place lui-même dans un groupe d'hommes. La famille de la défunte s'affairait auprès des brasiers. Sur les pierres qui encadraient les feux, on posa de grands récipients taillés dans des blocs de calcaire. On y versa de l'eau, des racines, des tubercules et des herbes. L'eau bientôt bouillonna et les vapeurs mêlées de fumées propagèrent les arômes des végétaux. La hutte de la morte était cernée par une mouvante muraille qui semblait parfois l'engloutir, puis, dans les sautes de vent, elle réapparaissait, petite masse noire où patientait un corps inerte séparé des vivants par les feux de la purification et de la subsistance.

On entendit un cri plaintif que toute l'assistance répéta. La plainte se transforma en des chants d'abord lents, puis rapides et bientôt haletants. Le sorcier qui avait poussé le cri bondit près de l'orifice funéraire de la hutte. Tout comme elle, on le croyait noyé par moments dans les flots de fumée d'où il resurgissait, luisant de sueur, vociférant, trait d'union entre la morte et le village. Il fit un nouveau geste. Ses bras qui balayaient presque le sol pointèrent vers le ciel. Comme un chef d'orchestre, il semblait vouloir, à partir d'un pianissimo, hausser la symphonie à son point extrême de résonance; mais au lieu de provoquer une excitation, ce fut un apaisement qu'il obtint. On n'entendit plus que les calebasses pleines de cailloux qu'on agitait, le halètement des tam-tams et le crissement des doigts sur les cordes en peaux de bête. Les chanteurs soudain silencieux s'étaient levés tous ensemble, et ils avaient commencé à danser. Ils progressaient les uns derrière les autres dans le sens qu'indiquaient les bras du sorcier. A l'anneau de feu s'ajoutait le cercle mobile des danseurs que les foyers enveloppaient parfois de leurs fumées. Les hommes, les femmes, les enfants et même les mères chargées de leurs bébés, avançaient, se suivaient du même pas souple et hésitant, fait d'un élan et d'un retour en arrière, avec un déhanchement et une secousse de la tête qui s'accompagnait d'une projection des bras sur le côté. Les musiciens étaient restés à l'écart. Au bout d'un quart d'heure, les vieux et les mères cessèrent de danser et se rassirent tandis que la ronde des plus jeunes continuait. Elle dura jusqu'à l'aube. Les danseurs se relayaient sans ordre apparemment préconçu de telle sorte que la procession était parfois distendue, mais jamais interrompue. Il en allait de même de l'accompagnement musical, un peu affaibli par saccades mais toujours présent. Danseurs et musiciens fatigués venaient s'étendre près des foyers où les mères leur servaient la bouillie qui s'était faite dans les récipients de pierre. Ils la posaient avec des cuillères de bois sur de larges feuilles vernissées qu'ils portaient ensuite à leur bouche. Ils buvaient de l'eau en appuyant sur des outres en peau de chèvre, et le jet giclait dans leur gorge.

Villers s'était assis à côté des musiciens. Il observait Kitany. Après avoir dansé comme les autres, elle faisait son service de cuisinière. Il ne voulut pas se rapprocher d'elle, par discrétion. Mais il espérait qu'elle le chercherait. Elle ne sembla jamais porter son regard hors du cercle de ses gestes. Il en fut plus que déçu : attristé.

Lorsque le premier rayon solaire colora l'horizon, sur le moutonnement de la forêt, le sorcier poussa de nouveau un grand cri. La danse cessa et, comme par magie, toute l'assistance disparut sauf la famille de la morte qui prolongea la veillée en consommant les restes de la nourriture funéraire. Villers se retrouva seul et, pensif, regagna sa hutte. Il s'aperçut que la carapace en avait été déplacée. Kitany l'attendait, couchée sur le flanc, son bébé dans les bras. Il ne put se retenir, et d'un élan fut contre elle, caressant un peu trop violemment ce corps qu'il convoitait. L'enfant se mit à pleurer. Il en fut irrité. Mais Kitany, souriante, lui tendit des lèvres entrouvertes. Il les prit, voulut davantage. Alors elle se dressa, mécontente à son tour. Il relâcha son étreinte; elle se leva, lui aussi. Ils se retrouvèrent face à face. Le sourire réapparut sur le visage de la jeune femme, et tandis qu'elle serrait contre sa poitrine son bébé toujours en pleurs, elle montra des yeux son épaule à Villers pour qu'il l'embrassât. Par docilité autant que par désir, il déposa sur la chair un peu salée de sueur le baiser habituel, et Kitany se sauva, le laissant désemparé, comblé par la surprise qu'elle lui avait faite en l'attendant, et frustré par la surprenante constance qu'elle mettait à se refuser.

L'inhumation devait avoir lieu dans l'après-midi, entre l'heure du zénith et celle du couchant. Villers, qui s'était laissé aller au sommeil, en fut tiré par des chants. Quatre hommes portaient la claie sur laquelle on avait posé le corps ligaturé. Le veuf suivait. Il tenait à la main une petite carapace de tortue et marchait la tête baissée sans pleurer. Derrière lui, des femmes sanglotaient, faisaient les gestes de la douleur mais sans larmes. Puis venaient tous les habitants du village chantant et dansant selon le rythme nocturne, précédés du sorcier dont les gestes les stimulaient. Le cortège s'étira à travers la forêt sur un sentier qui, après une dizaine de minutes de marche, aboutit à un vaste espace si rocheux qu'aucune végétation n'avait pu s'y incruster. Là s'érigeaient des tumulus de pierres. On déposa la morte au flanc de l'un d'eux, dans une anfractuosité, et on la recouvrit de gros blocs, de manière à ménager au-dessus d'elle une petite voûte. Puis on accumula les roches pêle-mêle. Il y eut des éboulements, des consolidations. Quand le tumulus eut retrouvé l'équilibre de ses formes, le veuf cala entre deux pierres la carapace de tortue remplie de bouillie. Ainsi la morte n'aurait-elle aucune raison de revenir les nuits suivantes au village pour y demander sa nourriture. Elle connaîtrait ensuite les secrets de subsistance des défunts et se satisferait de quelques sacrifices de pintades qu'elle partagerait avec ses compagnons de tombeau.

Villers avait suivi la cérémonie. Kitany, comme pendant la nuit, y avait participé sans paraître le voir, bien qu'à plusieurs reprises il se fût volontairement trouvé tout près d'elle. Il ne chercha pas à lui parler et la vit repartir avec les autres habitants dont les chants et les danses n'avaient cessé qu'au moment de l'offrande. Avant de regagner lui-même le village, il remarqua, en bordure de la clairière, deux petits arbres touffus au pied desquels étaient posés un bâton et une calebasse. A son retour, il demanda à Anako ce que cela signifiait. Il lui fut répondu que lorsqu'un habitant du village avait disparu dans la forêt ou en mer, on plantait un arbre pour l'honorer, et l'on offrait à son corps errant un bâton et une calebasse pleine d'eau pour qu'il pût trouver la force de revenir parmi les morts de la tribu. Il demanda, le soir même de l'enterrement, à s'entretenir avec le sorcier. Celui-ci, qui vivait seul, le reçut avec l'interprète dans sa hutte. Il avait conservé autour du cou le collier qu'il portait aux obsèques : fait de morceaux de bois noircis par la flamme, de défenses de sangliers et de coquillages rouges. Sur le sol, de nombreuses petites poteries contenaient des poudres, des feuilles hachées, des onguents. Accroché au plafond, pendait le crâne d'un singe auquel avaient été fixés des cailloux brillants dans les orifices des yeux et du nez. Villers s'accroupit à côté du sorcier et lui fit demander :

— Pourquoi danse-t-on et chante-t-on pendant toute une nuit autour de la hutte du mort?

— Parce que nos pères faisaient ainsi.

Il ne put en savoir davantage sur ce point.

— Est-ce que les familles vont, de temps en temps, au tombeau pour rendre visite aux défunts?

— Elles n'y vont que si l'on fait un sacrifice ou s'il y a un enterrement.

— Est-ce qu'on pleure encore les morts lorsque l'enterrement est terminé?

Le sorcier eut du mal à comprendre. L'interprète lui-même saisissait difficilement le sens de la question. La réponse se fit attendre. Elle fut un « non » qui ne s'accompagna d'aucune expression du visage.

— A quel moment plante-t-on un arbre pour ceux qui sont morts sans être revenus au village?

— Quand deux récoltes sont passées depuis qu'on ne les a pas vus.

Cela, Villers le savait déjà. Il voulait d'autres précisions.

— Si l'on est sûr que l'homme est mort, est-ce qu'on ne fait pas la cérémonie avant que deux récoltes soient passées?

Le sorcier restait muet. Villers posa la question autrement :

— Si un homme se noie dans la mer et si l'on ne retrouve pas son corps, est-ce qu'il faut attendre deux récoltes pour planter l'arbre?

— Non. On plante l'arbre quand on apprend qu'il est mort.

— Comment l'apprend-on?

— Par celui qui l'a vu mourir.

Villers en savait assez pour ce soir-là. Il revint vers

son feu à la nuit tombée. Pour la première fois, Kitany avait installé son fils dans la hutte avant le repas. Il partagea avec elle une purée de grelots mauves, des graines inconnues de lui, qu'elle avait broyées dans un mortier de pierre. Comme d'habitude, ils restèrent silencieux en mangeant. Puis Villers s'étendit, tandis que Kitany restait assise, très droite. Il posa sa main sur un des pieds de la jeune femme qui aussitôt déplia la jambe. La main de Villers remonta jusqu'au mollet. Kitany sourit et se rapprocha de lui. Mais comme son enfant pleurait, elle se leva soudain et rentra dans la hutte.

Villers fit durer longtemps le plaisir de l'attente. Lorsqu'il rejoignit Kitany, le bébé rassasié dormait déjà. Elle s'était un peu écartée de lui et, les bras ouverts, la poitrine offerte, elle semblait somnoler. Villers s'allongea près d'elle, posa sa tête contre le flanc dénudé. Elle s'étira en se tournant vers lui. Des gouttes de lait perlaient sur la chair que la flamme d'une bougie éclairait d'une pâle lueur mouvante. Les petites taches neigeuses étaient la corolle d'une grosse fleur violette. Les lèvres de Villers glissèrent vers elles. Kitany, immobile et muette, pressa de ses mains le visage contre son buste. Villers ne se lassait pas de la fleur jaillissante. Kitany se mit à tanguer et laissa échapper des plaintes heureuses qui ressemblaient à une mélopée jusqu'au moment où, cessant de se balancer, elle poussa un cri et se cambra. Ses bras se crispèrent sur le dos de Villers puis retombèrent inertes.

Longtemps les deux corps demeurèrent joints dans leur apaisement. Ce fut Villers qui le premier s'évada des charmes de la torpeur où, d'instinct, il n'avait fait de la volupté éprouvée que le prélude à d'autres. Kitany, encore ensommeillée dans sa joie, n'en fut pas moins consciente des gestes possessifs de Villers qui essayait de dénouer autour de ses hanches la ceinture de la pudeur. Comme la veille, elle se redressa, le repoussa avec violence. Mais Villers n'était pas décidé à se soumettre. Il l'écrasa de tout son poids, tenta de poser sa bouche sur la bouche qui proférait des mots de colère. Kitany, au lieu de répondre à son baiser, le mordit si cruellement aux lèvres que le sang jaillit. Il lâcha prise de douleur. Elle profita de son désarroi pour le bousculer, se relever et, saisissant l'enfant, elle le plaça sur sa poitrine comme un bouclier. Mais elle n'avait plus besoin de se défendre. Villers, demeuré assis, se passait la main sur les lèvres et ne comprenait rien. Elle déplaça la carapace et voulut sortir. D'un bond, il fut debout. Elle eut peur. Il lui sourit pour la rassurer et fit une caresse sur la joue du bébé qui pleurait. Elle comprit que le danger était passé. Elle lui tendit l'épaule, et longuement il l'embrassa, si longuement que sur le buste de la jeune femme, vers la fleur violette, coulèrent des filets de son sang comme si, par cette nuit, chacun avait arraché à l'autre un peu de sa vie.

Le lendemain, Kitany ne parut pas de toute la matinée. Villers l'attendit avec inquiétude. Elle ne le rejoignit qu'à l'heure du déjeuner. Elle était allée dans la forêt afin d'en rapporter des racines qu'il aimait. Comme d'habitude, elle s'inclina pour le saluer. Il lui répondit, comme d'habitude, par un signe de la tête, sans lui tendre la main. Elle s'approcha de lui, regarda ses lèvres gonflées et la marque de la morsure, puis elle eut un grand rire d'enfant content du tour qu'il a joué. Ce rire fit mal à Villers qui s'attendait, sans vouloir se l'avouer, à une autre réaction. Il pensa : « Elle n'est qu'une sauvageonne », mais se persuada du contraire en songeant aux racines qu'elle était allée déterrer au loin à son intention. Il cessa de s'en persuader en la voyant donner à un homme celles qu'elle n'avait pas fait cuire. L'homme s'assit à côté d'elle pendant qu'elle mangeait et lui parla sans se soucier de la présence de Villers qui en éprouva un nouvel et vif agacement, si vif qu'il ne put s'empêcher de se lever et de rentrer dans sa hutte avant d'achever le repas.

Il aurait voulu faire la sieste, s'endormir, mais ne

le put, trop préoccupé par la conversation dont il ne comprenait rien mais qui se prolongeait. Kitany ne vint pas le retrouver et, après qu'elle eut fait la vaisselle, il l'entendit s'éloigner en compagnie de l'homme. Décidément, elle avait des façons de petite rustre. Il humecta un linge dans l'eau chaude et l'appliqua sur ses lèvres douloureuses en pestant contre la sotte qui l'avait ainsi blessé. Elle reparut le soir, son bébé avec elle. Il feignit de ne pas s'en être aperçu. Dans le noir, elle s'assit à ses côtés, un peu en retrait, le buste appuyé contre lui. Elle accentua lentement la pression. Il ne bougeait toujours pas, le visage tourné vers la nuit. Alors, il sentit une main effleurer sa bouche tuméfiée et s'y appliquer avec précaution. Il s'était trompé : Kitany n'était pas sotte, elle ne manquait pas de sensibilité, mais il lui fallait l'ombre pour le prouver. Il entrouvrit les lèvres, et ce fut lui qui caressa la main immobile et légère. Puis sans mot dire, il se leva et fit signe à Kitany de le suivre dans la hutte. Jamais il ne l'avait autant désirée. Selon le rite, elle s'étendit près de lui et donna le sein au bébé. Il posa sa tête au creux de l'épaule de Kitany et ferma les yeux, dans l'attente du moment où elle cesserait d'être mère. Elle installa avec soin l'enfant repu dans un coin de la hutte, et fougueusement colla son corps à celui de Villers en portant sa poitrine tout contre le visage à l'affût. Villers fit courir ses lèvres sur les flancs. Impatiente, elle eut le geste de la main par lequel elle guidait la bouche de l'enfant vers sa nourriture. Comme la veille, alors qu'il la voyait engourdie par la jouissance et qu'il se sentait, lui, près de la sienne, il tenta de la dénuder complètement. Elle sursauta, et, cette fois-ci sans violence, parce qu'il ne s'était pas risqué lui-même à la force, elle le détourna d'elle. Il n'insista pas. Elle se leva et, comme il restait couché, elle se pencha pour offrir son épaule au baiser de l'au-revoir qu'il lui donna du bout des lèvres.

Après le départ de Kitany, il ne put s'endormir. Il sortit et marcha dans la nuit pour calmer son esprit qui supportait moins bien que son corps la déconvenue. « Quel touchant accord, mise à part la morsure! Il fallait que je vienne à Belembouke pour avoir autant de patience en face de la vertu. Kitany vertueuse? Elle n'est qu'instinct : en prenant son plaisir ou en s'y opposant. Mais qu'est-ce que je suis, moi qui n'admets pas de renoncer? Et de renoncer à quoi? Non, c'est autre chose que je cherche... Avec cette fille-là? Il y a encore de quoi rire et se moquer. La petite Lise, elle, qui appuyait sa tête sur mon épaule en me disant : « Tu as tout ce que je peux donner », j'avais la sensation de la posséder. Mais si elle m'avait dit : « Tout ce que je peux te donner », est-ce que j'aurais éprouvé la même assurance? J'ai dormi avec elle, sans la prendre. Et c'est une de mes plus belles nuits. J'aimais son regard qui ne me cachait rien et son corps confiant qui ne me cachait rien non plus, et ce geste de la main pour prendre la mienne et la poser sur sa poitrine de grande petite fille dont je ne pouvais imaginer qu'elle serait un jour celle d'une mère. Kitany, tu n'aurais pas été mère, toi, je n'en serais pas venu à te désirer comme je le fais. Si tu savais me parler peut-être... Mais tu n'as su que me mordre. »

Le violent souvenir de la morsure succédant à celui de l'insolite joie reçue submergea soudain Villers et se transforma en un désir qui le fit aller droit à la hutte de Kitany. Il bouscula la carapace de tortue, le rond de sa torche électrique balaya le sol. Il n'y avait personne.

— La garce!

Il donna un coup de pied dans la carapace qui tomba, et il partit de nouveau à travers la nuit. Dans quelle hutte pouvait être Kitany? Cette question l'obséda jusqu'au jour. Il ne rentra pas chez lui et observa l'éveil du village, assis près de son feu qu'il avait rallumé. Kitany sortit de la case de sa mère. Il en éprouva un soulagement de tout le corps, presque un bien-être, qui lui parut aussi déraisonnable que son tourment de la nuit. Et il s'en fut dormir sans faire signe à Kitany. Anako le réveilla pour la poursuite d'une enquête. Kitany, près de la hutte, s'entretenait avec l'homme jeune dont elle avait reçu la visite pendant un des précédents repas. Villers demanda à Anako qui était cet homme.

— Un pêcheur de tortues.

— Pourquoi lui parle Kitany?

— Il est allé à la pêche avec son mari.

— Demande-lui de venir me voir.

Le pêcheur à qui Anako transmit les paroles de Villers continua de converser avec Kitany comme si de rien n'était. Puis, une dizaine de minutes plus tard, d'un pas nonchalant, il se dirigea vers Villers. Aux questions qui lui furent traduites par Anako, il répondit sans plus d'empressement que de mauvaise grâce. Oui, il avait accompagné Rasidano, le mari de Kitany. Chacun avait sa pirogue. Un matin, Rasidano s'était éloigné en mer. Il n'était pas revenu. Non, il n'y avait pas de grosses vagues, ce jour-là. Oui, Rasidano avait emporté des provisions dans sa pirogue. Non, il n'avait jamais dit qu'il voulait quitter le village. Oui, c'était déjà arrivé que des hommes partent comme lui en mer. Certains étaient revenus, d'autres non.

— Où sont allés ceux qui ne sont pas revenus?

— Moi sais pas.

— Ils sont peut-être allés vivre dans un autre pays?

— Peut-être.

— Ou bien, ils se sont noyés dans la mer, ils ont été mangés par les requins?

— Peut-être.

— Au bout de combien de temps sont rentrés ceux qu'on a revus?

L'homme fit un geste des bras qui signifiait sans doute : cela dépend des fois.

— Qu'est-ce qu'ils avaient fait pendant qu'ils étaient partis?

— Ils n'ont pas dit.

— On ne leur a pas demandé?

— Non.

— Le mari de Kitany est parti depuis combien de jours?

L'homme réfléchit. Puis, il se leva pour chercher des brindilles de bois dont il fit des petits morceaux. Il en aligna sept.

Anako traduisit :

— Sept lunaisons sont passées.

— Est-ce que tu penses qu'il reviendra?

— Moi sais pas.

— Tu ne crois pas qu'il est mort?

— Peut-être mort.

Villers ne voulut pas pousser son enquête plus loin

ce jour-là. Il dit à Anako de remercier le pêcheur et de lui remettre de sa part comme cadeau une assiette en matière plastique. L'homme qui ne s'attendait pas à ce geste fastueux laissa voir sa joie. Il s'empara de l'assiette avec un grand rire, s'inclina très bas devant Villers et partit en courant.

— Il va donner à sa femme, dit Anako.

Villers s'aperçut du plaisir inconsidéré qu'il éprouvait à apprendre que ce pêcheur était marié. Il demanda à Anako :

— Pourquoi Kitany et lui parlent ensemble?

— Pour dire des choses de Rasidano.

— C'est lui ou c'est elle qui veut parler?

— Ils n'ont pas dit.

— Tu demanderas à Kitany.

— Oui, je demanderai.

Kitany, du seuil de sa hutte, avait observé la scène entre Villers et le pêcheur. Elle avait vu ce dernier partir en emportant l'assiette. Elle vint jusqu'à Villers, le salua, et se tourna aussitôt vers Anako. Elle parlait fort, montrait la vaisselle, ne paraissait pas contente. Anako réagissait par des heu... heu... et des balancements de la tête. Villers, impatienté de ne pas comprendre, interrompit Kitany et s'adressa à Anako :

— Qu'est-ce qu'elle dit?

— Kitany dit : « Ce n'est pas bien que toi tu donnes l'assiette au pêcheur. Elle veut pour elle. »

— Réponds à Kitany que je lui donnerai toutes les assiettes quand je partirai.

Anako traduisit. Le regard de Kitany se figea quelques secondes dans la gravité, puis elle parla :

— Kitany demande quand tu pars, fit Anako.

— Dis-lui que je ne sais pas.

Kitany parla encore.

— Elle demande si tu reviendras après.

— Dis-lui : peut-être.

Villers observa un petit sourire, mais contracté, sur les lèvres de Kitany. Il n'y tint plus :

— Demande à Kitany pourquoi elle parle au pêcheur.

Kitany répondit longuement. Anako traduisit avec brièveté, comme souvent il faisait, donnant à Villers l'impression qu'une partie de ce qu'on lui disait était perdue par incompétence ou cachée volontairement. Cette fois-ci, il le supporta très mal.

— Kitany dit qu'elle parle au pêcheur parce que le pêcheur est allé à la mer avec son mari.

Il ne put rien obtenir d'autre.

L'après-midi, il chassa dans la forêt en ne se faisant escorter que de Tsivoloa, le jeune porteur dont il avait soigné la mère et qui lui était le plus dévoué. Le jeune garçon saisissait toutes les occasions de prouver à son maître qu'il lui voulait du bien. Au cours des marches, il avait pris l'habitude de précéder Villers afin de lui faciliter le passage, et il se fatiguait pour deux avec un bon sourire de gratitude à l'égard de celui qui lui permettait d'être son plus proche serviteur. Ce jour-là, Villers s'aperçut non sans satisfaction que de part et d'autre ils se faisaient mieux entendre. Tsivoloa comprenait moins mal le français et lui, Villers, s'était familiarisé avec la langue du pays.

En fin de journée, tandis que Kitany et Villers prenaient ensemble leur repas, des jeunes filles passèrent près d'eux. Villers reconnut celle qu'il avait accueillie une nuit. Elle portait, accroché à son bras, le foulard qu'il lui avait donné. Plusieurs fois, les jeunes filles tournèrent autour du feu. Elles chantaient très fort et riaient. Kitany feignait de ne pas les entendre, absorbée par ses besognes.

Comme chaque soir désormais, elle vint retrouver Villers qui l'attendait dans le noir de la hutte. Le bébé s'était adapté aux nouvelles habitudes de sa mère. Après avoir été nourri, il s'endormait paisiblement à l'endroit où l'on voulait bien le déposer. Quant à Kitany, elle paraissait obéir à un rite. Elle s'étendait près de Villers et s'abandonnait aux lèvres qui lui apportaient une joie complète. Villers, heureux de la volupté qu'il donnait, parfois n'en pouvait plus de demeurer à la pointe déchirante de son désir. Ce soir-là, un réflexe de sagesse autant que de dépit le fit se séparer de Kitany avec brusquerie et, tandis qu'elle restait assoupie, il sortit pour fumer une cigarette. Les filles invisibles dans le noir, mais pas très loin de la hutte, continuaient à chanter et à rire. Quelques minutes plus tard, Kitany rejoignit Villers, son bébé déjà placé sur le dos; elle lui tendit l'épaule. Il fit comme s'il ne s'en apercevait pas et se contenta de lui adresser les paroles du salut de la nuit. Elle partit sans se presser, mais ne se retourna pas. Il souffrit de n'avoir pas reçu le regard qu'il attendait. Et il n'eut que peu de plaisir lorsqu'il vit se glisser près de lui ce qu'il attendait également : la fille parée de son foulard. Il la prit comme on prend un grand verre d'eau sans saveur, d'un seul coup, parce qu'on a soif. La fille était pourtant belle. Il ne toucha ni ses lèvres ni ses seins, et ne fut si curieux de tout ce qu'elle révélait que pour pouvoir imaginer Kitany le lui révélant. Épuisé, il s'endormit et ne se réveilla que lorsqu'il faisait jour, la fille toujours allongée près de lui. Il jeta un coup d'œil par les interstices de la porte. Kitany était assise près du feu, guettant son apparition.

Il se demanda ce qu'il allait faire et décida d'abord de simuler un sommeil prolongé, espérant que pendant ce temps Kitany s'absenterait. Il ferait alors sortir en cachette la fille. Mais une heure se passa sans que Kitany bougeât. Il risquait de la voir surgir dans la hutte. Ou bien ce serait Anako qui arriverait. La fille venait de se réveiller, elle s'étirait en prononçant quelques mots. Il lui signifia de se taire et essaya de lui expliquer qu'elle devait rester dans la hutte jusqu'à ce qu'il revînt. Puis il sortit. Il voulait envoyer Kitany chercher du bois, et ouvrir alors la porte à la fille, mais celle-ci s'empressa de le suivre et, de l'air le plus naturel, vint s'asseoir auprès du feu. Kitany ne broncha pas, les yeux fixés sur les braises qu'elle attisait avec un long bâton, d'un geste régulier. Villers eut du mal à contenir sa rage, il prit la fille par le poignet, la força à se lever et lui dit : « Va-t'en », sans crier, mais en la fixant d'un regard qui lui fit peur. Elle ne résista pas et s'en alla d'abord d'un pas lent, puis elle se mit à courir, avec des éclats de rire.

Kitany, comme si rien ne s'était passé, s'occupa de la cuisine de Villers, déjeuna avec lui et fut aussi empressée que d'habitude. Il demeura toute la journée dans la forêt en compagnie de Tsivoloa. Quand il rentra le soir pour le repas, il trouva une toute jeune fille assise à côté de Kitany qui aussitôt engagea la conversation avec Tsivoloa.

— Kitany a demandé à sa sœur de venir pour toi, traduisit le porteur.

— Dis à Kitany que je la remercie mais que je n'ai pas besoin de sa sœur.

Kitany répliqua :

— Ma sœur sera très gentille pour le Blanc.

Renonçant à toute réserve vis-à-vis de Tsivoloa Villers s'en servit comme d'un simple porte-voix :

— Le Blanc demande à Kitany d'être très gentille.

Tsivoloa répéta sa phrase avec sa passivité habituelle. Kitany, muette, baissa les yeux. Sa sœur ne paraissait pas entendre, absente du débat, absente d'elle-même. Le silence se prolongea. Le visage de Tsivoloa n'exprimait aucun sentiment. Villers ne savait plus quoi faire, ni quoi dire. Il eut soudain pitié de la sœur, pitié de Kitany qui pensait qu'il désirait revoir la fille accueillie pendant la nuit.

— Je voudrais que la sœur de Kitany partage la nourriture avec nous.

Tsivoloa traduisit. Kitany parla à sa sœur pour lui transmettre l'invitation. La jeune fille inclina le buste vers Villers en signe de remerciement. Villers demanda aussi à Tsivoloa de demeurer. Il aurait besoin de ses services après le repas pour faire part à Kitany de ses décisions.

Il observa la sœur. Elle était très différente de Kitany : âgée d'une quinzaine d'années, avec un visage plus mince, un regard moins vif mais profond, un corps ferme et délié. Elle paraissait craintive. Kitany essaya en riant de lui apprendre à se servir d'une fourchette et d'un couteau. Elle refusa de prendre le couvert et mangea avec ses doigts, un peu honteuse, baissant la tête. Kitany jouait à la maîtresse de maison, passait le plat, prenait les initiatives. Le repas fut silencieux et rapide. Buste droit, yeux éteints, Tsivoloa mastiquait avec conviction. La jeune fille penchée en avant grignotait sa nourriture. Kitany s'affairait, mangeait à peine, Villers lui, à demi allongé, n'avait pas faim. Kitany était-elle vraiment jalouse? N'obéissait-elle pas à une réaction de solidarité familiale? Viendrait-elle encore le voir dans sa hutte une fois qu'il aurait accepté la sœur? Celle-ci ne lui déplaisait pas. Et elle pourrait se donner librement à lui. Ce serait peut-être aussi une expérience intéressante. Tant pis s'il perdait Kitany... Mais la volupté perdue avec Kitany ne se retrouverait jamais. Et il n'y avait pas que la rareté de ce qu'elle donnait. Il y avait Kitany elle-même. A la fin du repas, il s'adressa à Tsivoloa :

— Dis à Kitany que je la remercie d'avoir pensé à faire venir (il n'osait pas dire à me donner) sa sœur, mais que je n'ai pas besoin d'elle.

Kitany répondit :

— Ma sœur sera plus gentille pour le Blanc que les autres filles.

Et Villers :

— Le Blanc n'aura plus besoin d'autres filles.

Il crut devoir mieux s'expliquer :

— Il ne fera plus venir d'autres filles, il veut rester seul.

Kitany parut s'absorber dans ses réflexions puis elle prononça une phrase courte qu'elle répéta plusieurs fois, sur un ton de mélopée :

— Le Blanc fera comme il voudra.

Elle se leva, sa sœur se leva. La petite continuait à baisser la tête, Villers aurait voulu la consoler.

Mais la seule façon était de la garder avec lui. Non, pas la seule peut-être : il rentra dans la hutte et y prit un de ses derniers mouchoirs qu'il tendit à la sœur de Kitany. Celle-ci saisit au passage le mouchoir. Villers eut peur qu'elle ne voulût se l'approprier. Il en était au point où l'on redoute tout ce qui peut nous écarter d'un être auquel — pour nous prouver que nous avons raison de le désirer — nous voulons trouver toutes les qualités. Il vit Kitany attacher le mouchoir au poignet de sa sœur comme un bracelet, et il en fut attendri. Puis il pensa que Kitany avait peut-être agi ainsi pour donner à croire à la fille au foulard que sa sœur était maintenant la compagne des nuits du Blanc. Il en fut moins attendri, mais encore plus satisfait.

Kitany et sa sœur disparurent dans la nuit. Il n'osa pas dire à Tsivoloa : « Demande à Kitany si elle va revenir. » Tsivoloa se retira à son tour, le laissant seul. Il s'assoupit. Deux heures plus tard, il se réveilla, toujours seul. Sans hésiter, il se dirigea vers la hutte de la jeune femme, et, poussant la carapace d'un coup d'épaule, il y pénétra. Il n'avait pas emporté sa lampe électrique et s'accroupit pour trouver le corps de Kitany. Ses bras ne rencontrèrent que le vide. Comme l'autre nuit, elle avait déserté sa hutte. Peut-être craignait-elle précisément qu'il n'essayât d'en forcer la porte. Il sortit, jurant de nouveau contre elle. Tout près de lui, dans le noir, il entendit les éclats de rire de la fille qu'il avait chassée. Elle n'osa pas l'approcher. Il en fut presque déçu. Car, si elle était venue, il l'aurait gardée jusqu'au matin et lui aurait demandé de préparer la nourriture. Mais dès son réveil, il redouta de ne pas voir Kitany près du feu. Elle était là soufflant sur les tisons. Elle avait déjà préparé l'infusion d'écorces qu'elle partagerait comme d'habitude avec lui.

Il but lentement, tandis qu'elle buvait, puis il posa son verre, la prit par la main et l'entraîna dans la hutte sans qu'elle résistât. Alors, il la plaqua contre lui, l'embrassa avec violence. Loin de se dérober à la sensation de la virilité qui l'assiégeait, elle l'attisa, jusqu'au moment où elle se laissa glisser par terre, se mit à genoux et se courba en arrière, la tête renversée, en prenant appui sur ses bras tendus. Sa poitrine fut comme projetée vers les lèvres de Villers qui, d'un même mouvement, s'était agenouillé devant elle. Il ne se hâta pas de prendre ce qu'on lui offrait. Il la sentait à sa merci, et pourtant maîtresse d'elle-même, sûre de ce qu'elle voulait et de ce qu'elle ne voulait pas. Il fut tenté de ne rien lui donner. Son désir l'emporta, et il vit s'écrouler un corps vaincu mais inexpugnable.

Le jour même, Villers rendit visite au chef du village. Après lui avoir posé quelques questions sur les devoirs des hommes envers leurs familles, il lui demanda combien il avait connu de femmes devenues veuves par suite de la disparition de leur mari. Le chef répondit en appliquant quatre fois l'index sur le sol. Villers s'empressa de lui poser une nouvelle question que rien ne liait à la précédente. Puis il eut une conversation avec un autre notable à qui il demanda si les maris disparus avaient ou non des enfants. Il lui fut répondu que deux sur quatre n'étaient pas encore pères. Il ne put donc rien en déduire. Au milieu de questions très diverses, il posa ensuite celle à laquelle le pêcheur n'avait pas su répondre :

— Quand les hommes vont pêcher ou chasser, ils reviennent au bout de combien de temps?

Le notable fit comme le pêcheur un geste qui signifiait : « Cela dépend. » Villers voulait avant tout savoir si une absence de sept lunaisons — celle du mari de Kitany — était fréquente et si, après un tel laps de temps, il était arrivé qu'un disparu revînt au village. Il lui fallut plusieurs jours et une douzaine d'entretiens avec des hommes et des femmes de tout âge pour parvenir à se faire une idée qui ne pouvait être une conviction. Chaque fois, il glissa la question essentielle parmi beaucoup d'autres sur lesquelles il insistait. En recoupant les réponses, il était permis de penser qu'au bout de trois mois les hommes absents, mariés ou non, n'étaient pas revenus, sauf un, semblait-il, décédé depuis son équipée. Villers s'était renseigné aussi sur les faits qui avaient suscité les cérémonies en l'honneur des disparus. Ce qu'avait dit le sorcier lui fut confirmé : on plantait l'arbre, on déposait à son ombre la calebasse et le bâton lorsque deux récoltes étaient passées depuis la disparition, mais il arrivait aussi qu'on le fît avant ce délai lorsqu'on était sûr que l'homme était mort sans qu'on eût retrouvé son corps, par exemple s'il s'était noyé, ou s'il avait été mangé par un requin. On se fiait au récit de ceux qui avaient assisté à l'accident, ou qui en apportaient la preuve. Mais, parce qu'il craignait d'attirer l'attention sur la question, Villers ne put savoir si le témoignage d'un seul suffisait.

Il s'était entretenu plusieurs fois avec le pêcheur qui avait accompagné le mari de Kitany sur la côte et il avait acquis la certitude que Rasidano ne l'avait pas prévenu de son départ. Mais cela pouvait aussi bien signifier qu'un accident s'était produit ou que Rasidano avait prémédité en secret d'aller vivre ailleurs, tenté par les descriptions de ceux qui avaient atteint les villages situés à la périphérie de la « Région inhabitée » et qui en étaient revenus pleins de récits légendaires et de nostalgie. Jamais l'absence d'un pêcheur ou d'un chasseur n'avait duré le temps de sept lunaisons, Villers en était sûr maintenant. Mais jamais non plus sa question : « Est-ce qu'après sept lunaisons un homme peut encore revenir? » n'avait provoqué d'autre réponse que : « Oui, il peut. »

Il avait demandé à Tsivoloa de l'accompagner pendant toute la durée de l'enquête pour qu'il apprît, au contact d'Anako, à mieux entendre et à parler le français. Tsivoloa mettait beaucoup d'empressement à satisfaire Villers et, comme il ne manquait pas d'intelligence, il était devenu très vite capable de remplacer Anako. Mais il ne fallait pas que celui-ci se sentît dépossédé d'une fonction qui faisait son prestige, et Villers ne se servait de Tsivoloa comme interprète qu'en l'absence d'Anako. Il demeurait davantage à Belembouke pour y rédiger ses notes qui lui permettraient d'entreprendre sa thèse dès son retour, et il chargeait ses porteurs de pourvoir à la nourriture. Il les faisait guider par les hommes du village qui connaissaient les lieux les plus giboyeux, ceux où l'on trouvait en abondance les plantes et les racines comestibles. Un matin, on vit partir Tsivoloa accompagné du pêcheur qui s'était rendu sur la côte avec le mari de Kitany. Ils avaient pour mission de rapporter des œufs de tortues.

Villers, chaque soir, retrouvait Kitany près du foyer. Et chaque soir, elle l'accompagnait dans la hutte, sans jamais se séparer de son enfant. Il avait décidé de ne plus lui demander ce qu'elle ne voulait pas accorder. Il ne lui demandait même plus rien et lui laissait les initiatives, sachant qu'elle ne manquerait jamais de les prendre. Elle en était venue à se dénuder entièrement, le soir où elle avait compris qu'elle pouvait le faire sans qu'il essayât de la posséder autrement que par de nouvelles caresses qui lui donnaient de nouveaux plaisirs. Et comme une récompense, elle pressait son sein pour qu'il fût plus généreux. Villers attendait ce moment dont il ne pouvait plus se passer. Car, au-delà de l'étanchement d'une soif, il éprouvait maintenant le bienfait d'autre chose : le sentiment d'une nourriture. Son rêve d'abord y trouvait aliment. Quand il avait fait demander à Kitany ce qu'étaient « les lumières de la nuit », le mot étoile lui étant inconnu, elle avait répondu : « C'est beaucoup d'oiseaux qui portent dans le bec du feu pour allumer le feu des morts. » La substance qu'elle lui donnait avait le goût magique de ces phrases. Son visage en clair-obscur, sa voix doucement rauque, sa main qui savait lisser les désirs, son buste de tendre bronze, la rosée des tiédeurs secrètes, l'odeur de piment sucré de la chair et les gestes pour se livrer et les gestes pour se défendre et le regard de biche audacieuse prête au couteau, prête au combat, tous ces cadeaux de l'instant imprévu, comment auraient-ils pu ne pas provoquer le désir de les épuiser jusqu'à la limite extrême du don?

Au bout d'une semaine, Tsivoloa et son compagnon revinrent de la mer, rapportant une provision d'œufs de tortues. Le jeune porteur se rendit d'abord auprès de Villers qui s'entretint longuement avec lui dans sa hutte. Puis il demanda au chef que le conseil du village fût convoqué et que l'on fît venir Kitany. Bientôt tous les habitants furent rassemblés autour de la case du chef, dans l'attente d'un événement. Face aux trois notables assis se tenaient le pêcheur et Tsivoloa debout. Kitany avait pris place à côté du conseil, avec sa mère et son bébé. Villers n'était pas là. Tsivoloa commença par déposer devant le chef un panier rempli d'œufs. Le chef le remercia. Alors le pêcheur prit la parole. Plusieurs fois le nom de Rasidano revint dans ses propos. Les hommes hochaient la tête silencieusement. Kitany restait figée, sa figure n'exprimait aucun sentiment. Les habitants écoutaient sans rien manifester. Lorsque le pêcheur se tut, le chef donna la parole à Tsivoloa. Celui-ci prononça aussi le nom de Rasidano. Le chef se leva ensuite et s'adressa à Kitany d'une manière solennelle, puis il se tourna vers tous les habitants du village et répéta ce qu'il venait de dire. A peine s'était-il rassis que le sorcier bondit près de lui, poussa un grand cri, et d'un geste des bras fit s'élever un murmure de lamentations. Kitany, comme tous les autres, s'était penchée en avant, le visage face au sol, et gémissait.

Le soir, en rentrant de la forêt où il avait été seul à la chasse, Villers trouva la hutte de la jeune femme entourée par une foule de pleureurs et de danseurs. Il aperçut Kitany debout près d'un grand feu et hâta le pas. Devant sa porte, Tsivoloa et le pêcheur l'attendaient. Tsivoloa lui dit : « Il veut que tu lui donnes ce que tu as promis. » Villers fit entrer les deux hommes dans sa hutte. Il décrocha de la paroi un bidon et un seau de toile qu'il tendit au pêcheur. Celui-ci s'en saisit avec avidité, s'inclina devant Villers, prononça quelques mots et s'esquiva. Tsivoloa voulut parler :

— Chef, tu...

Villers ne le laissa pas continuer :

— Je te promets de t'emmener avec moi.

Tsivoloa de nouveau commença une phrase que Villers lui rentra dans la gorge :

— C'est bien, Tsivoloa, tu peux t'en aller.

Le jeune homme se courba respectueusement, prit la main de Villers qu'il porta à ses lèvres et partit.

Toute la nuit, les chants mortuaires retentirent. Villers fut incapable de dormir. Au petit jour, lorsque les célébrants se turent, il se risqua hors de sa hutte et s'approcha de celle de Kitany. La jeune femme, assise à côté de sa mère et de sa sœur, partageait en silence la bouillie rituelle avec sa plus proche famille. Elle ne fit rien qui pût laisser croire à Villers qu'elle l'avait vu. Il se retira comme une ombre que le royaume des ombres a refusée. Lorsque le soleil fut au-dessus de la forêt, les habitants revinrent. Deux hommes entrèrent dans la hutte du mort et en sortirent, portant une claie de bois sur laquelle étaient posés un bâton et une courge. Ils se mirent en marche, précédés du sorcier qui tenait à la main un petit arbre au feuillage vernissé. Derrière eux venaient Kitany et sa famille, les notables, puis les villageois. La foule progressait lentement, au rythme de ses chants. Tous, même les porteurs de la civière, esquissaient le pas funèbre en faisant glisser leurs pieds et en balançant le buste d'avant en arrière. Il était impossible que Villers fût absent de la cérémonie. Il suivit, le visage grave, cette procession ondulante et modulante qui se dirigea vers la clairière des morts. On creusa un trou dans le sable et l'on y planta l'arbre qu'on arrosa, en l'entourant de vigoureuses épines pour le protéger à la fois du soleil et des chèvres. On plaça le bâton et la courge remplie d'eau entre les épines et le tronc. Le sorcier égorgea ensuite deux pintades qu'il accrocha par les pattes à l'une des branches. Kitany et les parents du disparu s'humectèrent les doigts avec le sang de la plaie et le portèrent à leurs bouches. A ce moment, les chants qui avaient cessé reprirent d'un seul coup et durèrent jusqu'à ce que la civière fût jetée dans les broussailles, puis tous les assistants revinrent au village sans plus chanter ni danser. Villers, comme à l'aller, suivit la foule en gardant ses distances, escorté de Tsivoloa qui l'avait attendu. Il n'avait pas eu la cruauté de l'écarter, mais il ne lui adressa la parole que pour lui signifier qu'il passerait la journée tout seul dans la forêt.

Quand il rentra le soir, Kitany l'attendait près du feu. Elle le salua et lui sourit sans plus ni moins de gentillesse ou de sérieux que d'habitude. Il fallait, bien sûr, qu'il témoignât d'un sentiment de participation au deuil. Il ne fut capable que de prendre longuement les mains de Kitany dans les siennes en la regardant avec gravité. Elle lui abandonna des doigts inertes mais lui rendit son regard insistant et profond. Il se réfugia très vite dans sa hutte. Elle l'y rejoignit après avoir fait la vaisselle et rangé les affaires mais sans y mettre moins de temps qu'à l'ordinaire. Il aurait voulu qu'elle manifestât sa hâte, tout en redoutant le moment où elle viendrait le retrouver. Il assura les pas de Kitany avec sa torche électrique et éclaira le coin où elle couchait son bébé. Quand elle tourna vers lui sa poitrine, il aperçut des petites taches qui brunissaient la peau. Il ne put poser ses lèvres sur les seins marqués du sang des pintades sacrifiées et les caressa de la main. Après s'être dénudée complètement, sans précipitation, Kitany, pour la première fois, prit l'initiative de le dévêtir. Puis elle s'étendit sur le dos et, comme Villers ne se rapprochait pas d'elle, ce fut elle qui l'attira d'un geste impératif et le guida vers la joie qu'elle lui avait toujours refusée. Ayant fait ce qu'il fallait pour être conquise, elle se laissa envahir lentement avec la science de celles qui d'instinct possèdent autant qu'elles sont possédées. Elle le quitta beaucoup plus tard que d'habitude. Il avait voulu la retenir et il y était parvenu en renouvelant l'étreinte, mais tout de suite après, elle s'était ressaisie, et elle l'avait laissé, engourdi de plaisir, à une solitude qui lui avait aussitôt donné l'impression d'être un abandon.

Quand il la vit revenir vers lui le lendemain matin, il aurait aimé aller au-devant d'elle, la presser contre lui, manifester un plaisir de la retrouver plus vif que les autres jours. Mais il craignait les témoins indiscrets et il lui dit bonjour comme d'habitude. Elle l'imita et fit sa besogne de ménagère en silence. Un peu déçu, il rentra dans sa hutte. A peine en avait-il franchi le seuil qu'elle l'y suivit pour se blottir dans ses bras, les yeux clos. Il la serra sur sa poitrine. Elle fit entendre un petit gémissement de satisfaction. Ils demeurèrent ainsi quelques instants. Aucune envie sensuelle n'habitait Villers; une grande tendresse lui inspira un geste qu'il n'avait encore jamais fait avec Kitany : il l'embrassa longuement sur le front et prononça plusieurs fois son nom. Elle rouvrit des yeux tout étonnés. Alors, il l'embrassa sur les yeux qu'elle referma et elle crispa ses mains en le tenant par le cou. Il se sépara d'elle sans l'avoir autrement caressée, sans qu'elle eût exprimé le désir d'autre chose.

Le soir, il rapporta de la forêt de grosses fleurs mauves dont les pétales ressemblaient à des langues convulsées. Elles étaient enduites d'une sève gluante sur laquelle elles prenaient au piège les insectes. Celles-là avaient fait tant de victimes qu'on les aurait crues mouchetées naturellement. Il les avait mises dans un panier avec des racines comestibles. Kitany lava les unes et les autres, les coupa et les voua pêle-mêle à la marmite. Lui qui voulait orner l'intérieur de la hutte avec les fleurs, il les retrouva dans son assiette. Il dut avoir recours à Tsivoloa pour se faire comprendre de Kitany.

— Est-ce que c'est l'habitude de manger ces fleurs dans le village?

— Non.

— Pourquoi les as-tu fait cuire?

— Parce que le Blanc les a rapportées de la forêt.

— Elles ne sont pas une nourriture.

Allait-elle poser la question qu'on aurait pu attendre :

— Pourquoi le Blanc a-t-il cueilli ces fleurs?

Elle se tut. Villers fit comme si elle avait parlé :

— Dis-lui que les fleurs sont faites pour être regardées, parce qu'elles sont jolies.

Kitany parut très intriguée. Puis, toujours silencieuse, elle hocha la tête, l'air réfléchi.

— Dis-lui que les fleurs sont jolies comme les coquillages que les femmes de Belembouke portent autour du cou pour danser.

— Est-ce que les femmes des Blancs portent des fleurs autour du cou?

A cette question inattendue, Villers répondit, pour simplifier, par un oui qui provoqua de nouveaux mouvements de tête silencieux.

La nuit fut à l'image de celle qui l'avait précédée. Kitany se montra une amoureuse aussi entreprenante que docile. Entre deux étreintes, Villers lui apprit à dire : « René » en s'étonnant de n'avoir pas éprouvé jusque-là le besoin qu'elle l'appelât par son prénom. Tout heureuse de ce qu'elle venait de découvrir, elle ne cessait de murmurer : « René, René », et le mot devint un cri à l'instant de la jouissance. Lorsque l'aube pointa — on ne pouvait s'en apercevoir dans la hutte — Kitany, comme si un mécanisme invisible lui indiquait l'heure, quitta la hutte. Villers somnolent sentit qu'on l'embrassait sur le front. Il eut un réflexe du bras pour saisir le corps penché sur lui, mais il s'esquiva avant qu'il eût vraiment pris conscience de sa fuite.

Les jours et les nuits qui suivirent prodiguèrent à Villers les occasions de s'attendrir et de s'émerveiller devant les réactions d'un être aussi naturel qu'un chien qui saute de joie lorsque revient son maître, lui fait comprendre qu'il veut sa nourriture, le suit pas à pas, s'endort dans sa chaleur et geint lorsqu'il part sans lui. La comparaison avec l'animal était à l'honneur de la femme. Villers se sentait auprès d'elle la mauvaise conscience du maître qui se demande s'il est digne de tout ce qu'on lui donne.

Près de sa hutte, il avait fait construire un petit enclos sur pilotis avec de hautes palissades. C'était là qu'il procédait à ses ablutions avant la nuit, suivi de Kitany à qui il avait appris à user de l'eau pour la propreté de son corps. Ce luxe et ces soins étaient sans doute ce qui étonnait le plus les habitants de Belembouke. Kitany la pudique perdait toute discrétion au moment de sa toilette. On l'entendait rire et chanter toute seule tandis qu'elle faisait ruisseler sur elle le contenu des outres que, chaque soir, des hommes allaient remplir à la source lointaine. Elle n'était plus la servante, mais la compagne. Nul n'avait à l'ignorer, et surtout les jeunes filles qui devaient savoir que la place était définitivement prise. Cela ne les empêchait pas de passer et de repasser en groupe auprès de la hutte de Villers à la tombée de la nuit. Leur audace avait besoin de l'ombre, et leurs chants qui s'accompagnaient de rires étaient devenus un rite. Ils faisaient partie de l'heure doucement équivoque où les chèvres bêlantes étaient enfermées dans leur parc, où les familles se réunissaient autour des clartés fumeuses parmi les odeurs de nourriture mêlées à celles des feuillages qui livraient au noir leurs essences affinées de soleil. Le chœur des filles animait le décor somnolent, le rendait à son rôle théâtral, donnait à Villers le sentiment de la pièce qu'il jouait avec Kitany. Il n'y voyait qu'un hommage et se laissait bercer par les mots qu'il ne comprenait pas, jusqu'au jour où Kitany se leva pour apostropher les chanteuses qui se turent et s'éclipsèrent. Villers demanda à Tsivoloa ce que leur avait dit Kitany.

— Elle a dit qu'elles ne chantent plus.

— Pourquoi?

— Parce qu'elles chantent des choses pas bonnes.

— Qu'est-ce qu'elles chantent?

— Elles chantent que Kitany a déjà oublié Rasidano.

— Et qu'est-ce que leur a répondu Kitany?

— Kitany leur a répondu que l'esprit de Rasidano est en paix puisqu'on lui a donné l'arbre, le bâton et la gourde.

— Elle n'a pas dit autre chose?

Tsivoloa se fit un peu prier. Puis :

— Elle a dit que le Blanc ne veut plus qu'elles chantent.

A partir de ce soir-là, les filles cessèrent de chanter et de rire. Mais on les devinait encore qui passaient dans le noir, se tenant par la main, obéissantes et insoumises, les yeux tournés vers le foyer où l'élue du Blanc affirmait sa souveraineté.

Villers avait pris l'habitude de convier aux repas de midi Anako et à ceux du soir Tsivoloa. S'il avait choisi Tsivoloa pour partager la nourriture du soir, c'était parce que les fins de journée se prêtaient mieux aux échanges de propos intimes. Avec le jeune homme, qui lui était lié par la gratitude et par le secret essentiel, il s'était défait de toute pudeur. Kitany avait dû constater la préférence de Villers et se comportait très différemment selon que l'interprète était l'un ou l'autre des hommes. Un soir après le repas, Villers couché sur le sable regardait Kitany, allongée près de lui, son bébé dans les bras tandis que Tsivoloa attisait en silence le feu. Il avait l'impression d'être étranger au monde des régions habitées où les foyers se transformaient en institutions. A Belembouke la chaleur partagée créait un état de fait et des droits plus que des devoirs. Du moins voulait-il s'en persuader. On n'entendit pendant de longues minutes que la respiration du feu.

— Tsivoloa, sais-tu ce que c'est que l'amour? dit Villers.

Le jeune homme baissa la tête d'un air fautif.

— Est-ce que tu as déjà aimé?

Tsivoloa ne comprit pas davantage le sens de la question. Villers jouait à l'égarer pour se retrouver lui-même au seuil des grandes évidences. Dans tous les pays de l'enfance on ignorait ce qu'était l'amour. Villers se sentit soudain très vieux auprès de ses partenaires.

— Tsivoloa, demande à Kitany si elle sait ce que c'est que l'amour.

Kitany répondit non.

— Demande-lui si elle aime son enfant.

Elle serra son petit contre elle en secouant la tête de bas en haut.

— Demande-lui si elle aime sa mère.

— Oui.

— Et si elle aime les pintades.

Elle resta interdite.

— Et si elle aime les ancêtres.

Elle dit oui après un silence.

— Et si elle aime la forêt.

Elle ne répondit pas.

— Et si elle aime le feu.

— Oui.

— Et si elle m'aime, moi.

Le oui ne fut ni plus prompt ni plus accentué que pour le feu.

— Et si elle aime son mari.

— Je n'ai plus de mari.

— Mais pendant qu'il vivait, l'aimait-elle?

— Oui.

— Demande-lui comment on appelle un homme qu'on aime à Belembouke.

— On ne l'appelle pas.

— Dis-lui que chez les Blancs on appelle chéri l'homme qu'on aime.

Kitany balança la tête pour exprimer qu'elle avait entendu. Il ne restait plus à Villers qu'à se questionner lui-même en se servant de ce mot qui, dans sa langue comme dans celle de Kitany, pouvait être destiné à Dieu, à la femme, à un enfant ou à la nourriture. Il ferma les yeux, s'étendit face contre terre et s'assoupit. Il fut réveillé par une caresse sur la nuque. « Viens », lui dit Kitany, et elle le précéda dans la hutte où elle avait déjà installé son bébé. Ils s'allongèrent l'un près de l'autre, elle lui prit la main et la porta à ses lèvres. Ce fut la première nuit qu'il la garda contre lui sans la posséder, sans qu'elle fît rien pour le tirer de son repos. « J'aime dormir avec elle », pensa-t-il en se laissant submerger par le noir.

Le lendemain matin, Kitany arriva plus tard. Elle sortait de la forêt et portait un collier de fleurs mauves qu'elle avait attachées les unes aux autres par des crins de sanglier. Elle guettait le regard de Villers. Il eut un grand sourire et lui tendit les bras. Elle s'y jeta en lui disant : « Chéri. » Il s'amusait à lui dire « Kitany » pour qu'elle répondît « René », puis « chérie » pour entendre l'écho. Elle avait pris goût au jeu, et maintenant c'était elle qui le provoquait. La nuit où elle murmura « René chéri » sans qu'il eût pensé à lui apprendre l'alliance des mots, il en fut plus troublé qu'il ne l'avait été lorsque des femmes réputées inaccessibles le lui avaient dit pour la première fois.

Il lui était insupportable qu'elle l'abandonnât avant le lever du soleil. Son enquête au village ne pouvait lui laisser ignorer les raisons de cette conduite. Mais il voulut avoir une certitude, et que la jeune femme s'en expliquât devant lui. Une fois encore, il chargea Tsivoloa des fonctions d'interprète.

— Dis à Kitany que je lui demande de demeurer avec moi toute la nuit.

— Seules les épouses ne quittent pas la hutte de l'homme.

Kitany répondit cela d'un ton très simple. Villers ne sut que répliquer. Ce fut elle qui reprit la parole, avec la même simplicité :

— Si René fait moi son épouse, je resterai dans sa hutte.

Et elle baissa la tête.

Un grand silence s'appesantit sur les trois personnages. Villers avait déjà songé à des noces. Quelle expérience unique pour un ethnologue : vivre son document, mais aussi quelle trahison! Une seule suffisait. Que répondre à Kitany? La vérité. Mais pourquoi la vérité aujourd'hui plus qu'hier, pourquoi commencer à ne pas mentir maintenant? Villers dit à Tsivoloa :

— Explique-lui que je ne peux pas l'épouser parce que je dois quitter Belembouke.

Tsivoloa se voulut sans doute très convaincant, car il parla longtemps. Kitany l'écouta avec une attention telle que son regard paraissait fasciné. Entre l'instant où il se tut et celui où elle parla, elle laissa passer quelques secondes qui parurent très longues à Villers. Puis elle prononça lentement une phrase courte et Tsivoloa la répéta en y mettant le même rythme grave :

— Kitany veut bien partir avec René.

Ce fut au tour de Villers de baisser la tête, comme s'il cherchait à éviter les yeux de Kitany. Pour le forcer à sortir de son silence, une femme blanche aurait transformé son affirmation en :

— Est-ce que René veut bien emmener Kitany?

Et il aurait compris non pas qu'on voulait bien partir avec lui mais qu'on le voulait. Kitany savait-elle déguiser sa volonté sous la courtoisie des mots? Elle ne sut, en tout cas, que poser cette autre question :

— Quand René partir?

Villers se sentit soulagé. Il allait pouvoir inventer plus facilement, en répondant à la façon imprécise et courtoise des gens de Belembouke :

— Quand j'aurai fait ici tout ce que j'ai à faire.

Il pensait que Kitany, ce jour-là du moins, n'insisterait pas. Il avait prévu juste : elle sembla se satisfaire de la réponse en ne répliquant pas. Mais Tsivoloa lui adressa la parole de son propre chef. Elle l'écouta sans l'interrompre. Ce fut Villers qui, étonné de l'initiative de Tsivoloa et agacé de ne pas comprendre, mit un terme au monologue :

— Qu'est-ce que tu lui dis?

— J'explique à elle que toi pas pouvoir rester à Belembouke.

— Elle le sait : je t'avais déjà demandé de le lui dire. Tu n'as pas ajouté autre chose?

— Non.

Villers regarda Tsivoloa droit dans les yeux :

— Tu ne dois pas dire à Kitany autre chose que ce que je te demande de lui dire.

Tsivoloa s'inclina en signe d'acquiescement. De nouveau on n'entendit plus que le souffle du feu. Puis Kitany parla. Elle s'adressait à Tsivoloa, mais de la main elle montrait Villers et la hutte.

— Kitany te demande où est ta case.

— Très loin, dans une ville.

— Qu'est-ce que c'est une ville?

— C'est comme beaucoup de Belembouke ensemble. Dis à Kitany qu'une case dans une ville s'appelle une maison.

Kitany répéta plusieurs fois : « Maison, maison », en chantant; elle dit ensuite :

— Elle est grande ta maison?

— Oui.

— Grande comment?

— Comme beaucoup de cases de Belembouke.

Kitany parut rêver de la merveille géante que devait être cette maison, puis :

— Est-ce qu'une femme allume ton feu et fait cuire ce que tu manges dans ta maison?

Villers, désarçonné par la question, eut aussi peur de dire oui que non et répondit :

— Un homme allume mon feu et prépare ma nourriture.

Tsivoloa eut une expression étonnée et inquiète. Kitany ne broncha pas, et le silence retomba sur les trois êtres dont les regards semblaient se perdre dans les braises.

Au cours de la nuit, Kitany eut une fougue qui pouvait laisser croire qu'elle ne songeait qu'au plaisir du moment, mais avant de s'en aller, elle appuya longtemps sa tête sur la poitrine de Villers puis la fit remonter doucement jusqu'à ce que son front touchât les lèvres. Il l'embrassa avec délicatesse et ferveur, puis caressa de la main l'une des joues; elle était mouillée.

Après le départ de Kitany, Villers ne trouva pas le sommeil. S'il s'était inquiété du désir qu'elle avait révélé de quitter Belembouke avec lui, il n'en avait pas moins été ému et très content. Il n'était pas de ceux qui peuvent trancher d'un seul coup et basculer sans débat du côté des réalistes ou des sentimentaux. Il y avait maintenant une réalité : celle du sentiment de Kitany.

« Il y a aussi la réalité de ce que j'éprouve. » Il

n'osait pas dire « de mon sentiment », mais il n'était pas dupe : il aurait de la peine à abandonner Kitany et il en aurait eu si elle avait refusé de partir avec lui. D'ailleurs, il n'avait encore rien décidé. Pourquoi ne l'emmènerait-il pas? Il n'eut pas le courage de répondre à la question pendant cette nuit solitaire où il regrettait d'avoir perdu la vérité sans détours d'un corps auquel il s'accordait si bien.

« Elle a pleuré... Elle n'a pas voulu que je le sache. Et j'ai fait comme si je ne m'en étais pas aperçu. »

Il se traita durement, se reprocha d'avoir désiré que Kitany s'attachât à lui et de s'être trop bien employé à satisfaire son désir. Il admit qu'il aurait une juste punition en prévoyant qu'il allait souffrir lui aussi. Puis il en vint à se demander si Kitany « souffrait » de la même manière que lui. Peut-être finalement serait-il le plus atteint. Elle avait des réactions très simples, aussi promptes que passagères. Mais de quel droit affirmait-il cela? Lui dénier la possibilité d'avoir un vrai chagrin, se dire qu'il en aurait plus qu'elle, c'était tout arranger pour se donner bonne conscience. Et en arriver à cette réflexion, c'était avouer qu'on ne parvenait pas à se débarrasser d'une mauvaise conscience. Et ne pas s'en débarrasser, c'était se donner la preuve réconfortante qu'on n'avait pas agi et qu'on ne déciderait rien à la légère. C'était aussi se réserver bien des complications. Mais pouvait-on souhaiter vivre dans cette absence de problèmes qui satisfait la seule ambition du corps? Il se souvint d'une réflexion de son ami le médecin : « Les organes ont ça de bon qu'ils nous mènent aussi vite à la mort qu'à la volupté. Le sentiment, lui, il nous chicane tout : le bonheur comme le malheur... »

Kitany n'était pas plus simple que lui. Il existait « quelque chose » entre eux précisément parce que chacun dans sa conduite n'avait rien simplifié. Mais non : Kitany ne s'était jamais comportée librement, elle avait obéi aux règles de la tribu, aucun problème ne s'était posé à elle. Elle ne l'avait interrogé que sur sa case et sur la date de son départ. Elle ne lui avait pas demandé s'il était marié. A moins peut-être qu'elle n'eût voulu désigner l'épouse en parlant de la femme qui allumait le feu et préparait la nourriture dans la case? Mais non : il n'existait pour elle que dans un présent qu'elle ne pouvait rattacher à quoi que ce fût. Mais non : elle songeait à l'avenir puisqu'elle désirait s'échapper de sa tribu. Mais non : elle ne songeait à rien d'autre en partant avec lui qu'à voir de belles maisons et à se servir de belle vaisselle. Alors que signifiaient les larmes qu'elle avait essayé de cacher?

Villers s'endormit sur l'image de cette peine pudique avec un apaisement qui lui permit d'oublier dans l'instant tout ce que plus tard il lui vaudrait de soucis. Le lendemain soir, Kitany le rejoignit dans l'enclos où il faisait sa toilette, sans attendre qu'il eût fini. C'était contraire à leurs habitudes et à la discrétion de la jeune femme. Elle apportait une poterie pleine d'un liquide qui sentait la cannelle et le miel des fleurs de kalanchoés. Elle enduisit Villers de cette essence puis, s'étant dénudée, elle lui fit comprendre qu'il devait en agir de même avec elle. Il obéit très spontanément, et fit glisser ses mains sur ce corps qui s'animait, se tournait et se retournait pour ne rien dérober de ses secrets à la douceur du liquide et du massage. Les deux êtres face à face frémirent, illuminés par la lune qui jouait de son argent sur les peaux huilées, et ce fut comme deux flammes conjuguées qu'un coup de vent fait vaciller.

Que signifiait cette onction parfumée? Tsivoloa obtint l'explication d'une fille du village : le liquide était très précieux, il exigeait de longues recherches dans la forêt car les sucs de plantes dont il se composait étaient rares; dans les cérémonies nuptiales on l'offrait aux époux avant de les laisser à leur solitude.

Un autre soir, après le repas, Kitany sortit de son silence pour demander à Tsivoloa :

— Quand René aura fait à Belembouke tout ce qu'il veut faire?

Villers, cette fois encore, répondit comme s'il avait été de la race de Kitany :

— Il n'est pas temps de le dire.

Kitany ne demanda rien d'autre. Dès le départ de Tsivoloa, elle se rapprocha de Villers et lui proposa dans un gobelet, au lieu de l'infusion habituelle, un breuvage dont il ne connaissait pas le goût. Il y trempa les lèvres et s'arrêta, l'air étonné. Comme pour lui donner confiance, Kitany avala une grande gorgée du liquide et lui rendit le gobelet en disant : « Bois, bois, c'est bon pour... » Et elle mit sa main sur sa tête, puis sur son ventre. Villers finit le breuvage afin de faire plaisir à Kitany beaucoup plus que par conviction. Aussitôt après, elle l'entraîna dans la hutte et se donna à lui fiévreusement en prononçant des paroles qu'il ne comprit pas. Puis elle appliqua la tête de Villers contre sa poitrine, et longtemps elle caressa de ses doigts le front où s'agitaient tant de choses qu'elle ignorait.

Villers voulut savoir ce qu'était la boisson dont l'avait gratifié Kitany et la fit interroger par Tsivoloa. Elle répondit que cette boisson « était contre les maladies ».

— Je ne suis pas malade, dit-il.

Elle s'expliqua avec beaucoup de phrases, et Tsivoloa la résuma difficilement. Villers comprit que ce n'était pas parce qu'il était malade qu'elle l'avait fait boire : c'était parce qu'elle ne voulait pas qu'il le fût. Pourquoi cette médecine préventive? Le lendemain il questionna un notable par l'intermédiaire de Tsivoloa, et il apprit que l'infusion qu'il avait absorbée n'était pas un médicament mais liait ceux qui la partageaient.

Le soir même, après le repas, Tsivoloa tendit à Villers un gobelet plein d'un liquide dont il avait bu quelques gorgées.

— Qu'est-ce que c'est?

— Même chose que Kitany t'a donnée. Bon pour toi.

Et il porta sa main sur son front et sur son ventre comme avait fait Kitany. Celle-ci en entendant son nom redressa la tête. Elle fixa Villers qui ne put se dérober à l'invite de Tsivoloa et but le breuvage. Elle ne dit pas à Tsivoloa : « Qu'est-ce que tu as donné à boire au Blanc? » Mais elle se tourna vers Villers pour lui poser directement une question et ce fut Villers qui demanda à Tsivoloa :

— Qu'est-ce qu'elle a dit?

— Elle a dit : « Ce que tu as bu comment s'appelle? »

— Réponds-lui : « Même chose que tu m'as donnée. »

Tsivoloa traduisit avec impassibilité. Kitany parut ainsi impassible que lui en écoutant la réponse. Villers, lui, remuait nerveusement les braises avec une branche. Le feu ranimé rougeoya, colorant les trois visages pensifs.

Villers fit à Tsivoloa le signe habituel de congédiement. Le jeune homme se leva aussitôt, s'inclina devant son maître, ignora Kitany et disparut. Pendant la nuit, Kitany provoqua une étreinte très violente, puis elle appliqua sa main sur le front de Villers en accompagnant ses attouchements de paroles psalmodiées qu'il ne comprit pas.

Il décida d'aller en forêt pour rechercher une variété très rare de lézard. Il emmena tout le monde avec lui. Il avait fait prévenir Kitany que son absence durerait deux jours. Il ne revint que trois jours après. Elle l'attendait à côté du foyer et lui fit le salut d'usage, mais sans sourire. Pendant tout le repas, elle fut grave et muette. Villers aurait bien voulu savoir la raison de son attitude. Mais il répugnait à l'apprendre par Tsivoloa. Elle lui fit dire :

— Pourquoi René est resté dans la forêt un jour encore?

— Parce que le lézard n'avait pas été trouvé les jours avant.

Elle fit : « Heu », et redevint silencieuse. Tsivoloa, lui, était très bavard, et riait. Il parlait de la chasse au lézard, mimait la bête qui se sauvait, se cachait, montait aux arbres, disparaissait ou finissait par se laisser attraper. Il agaçait Villers et n'intéressait pas Kitany. Aussitôt qu'il fut parti, celle-ci se rapprocha de Villers, lui prit la main et la porta à ses lèvres. Il saisit alors la main libre de Kitany et l'embrassa. Cet échange dura quelques instants et provoqua en Villers un désir si impérieux qu'il coucha Kitany sur le sable. Elle se releva, saisit son bébé, l'installa dans la hutte et vint rejoindre Villers qui, maintenant, avait pris l'habitude de se soumettre non sans plaisir aux réactions de Kitany.

Elle le prit par la main et l'entraîna vers l'enclos où avait lieu la toilette du soir. Elle se dénuda et, saisissant un silex très effilé qu'elle avait jusque-là caché dans un pli de sa ceinture, elle s'en griffa profondément le flanc. De la coupure jaillit du sang. Elle porta son ventre à hauteur de la bouche de Villers que d'une impérieuse pesée sur les épaules elle avait fait s'agenouiller. Il comprit ce qu'elle voulait et ne s'y déroba pas. Avec douceur, il appliqua ses lèvres sur la blessure et aspira le sang qui suintait tandis qu'elle lui caressait le dos, en prononçant des paroles haletantes. Il pressa l'un des seins et quelques filets blancs coulèrent sur le ventre. Il mêla leur tiédeur à celle du sang dans sa bouche étonnée. Elle le fit se relever, au moment où le désir le détournait de la plaie, et lui mit le silex dans la main en s'agenouillant à son tour. Il hésita quelques secondes, plus inquiet de la portée de l'acte que de la douleur qu'il allait ressentir. Déjà, elle approchait les lèvres de l'endroit où se ferait la coupure. Il écarta le visage de Kitany et, d'un geste brusque, il enfonça la pointe du caillou dans sa chair, provoquant un ruissellement de sang qu'elle recueillit d'une bouche hâtive mais délicate. Il s'était coupé si fort que le sang coula longtemps. Les lèvres de Kitany se collaient à sa peau comme un baume, et la langue effleurait la plaie, la pénétrait, l'épousait. Il crispa ses mains sur le dos courbé qui frissonnait un peu, appuya le buste de Kitany contre lui, et les seins écrasés donnèrent à ses cuisses la douceur de leur pâte vulnérable. Quand Kitany se releva, son visage était taché de rouge. Villers revit celle qui avait bu le sang des pintades sacrifiées sur la tombe de son mari. Il eut un mouvement de recul et, saisissant une outre, il lui lava la figure. Elle se laissa faire avec plaisir et s'offrit à lui, les yeux fermés, sans dire un mot cette fois-ci, mais avec une tension de tout l'être qui le projeta dans un univers étrangement impersonnel, celui des voluptés si fortes que nous n'existons plus que par elles, dans l'oubli de qui nous les a données. La reconnaissance vient ensuite.

Villers s'endormit près de Kitany avec la joie des ententes inexplicables. Mais quand il se réveilla tout seul le lendemain il chercha une fois encore à tout s'expliquer, et comprit l'importance du rite dont son flanc endolori lui rappelait la réalité. Il n'avait besoin de demander à personne, surtout pas à Tsivoloa, ce que signifiait l'échange des sangs. Il savait qu'il lui donnait tous les droits sur Kitany, et que Kitany par là même les avait tous reçus sur lui. Comment aurait-il pu refuser, à moins de perdre la fille? Car il savait aussi que le refus de l'échange entraînait l'offense et la rupture jusqu'à la mort. Il était si près de son départ qu'il aurait pu accepter cette rupture. Ç'aurait été plus franc. Mais, à vrai dire, il n'avait réfléchi à rien lorsque Kitany l'avait provoqué. Il avait obéi à son instinct d'accouplement, cédé à la tentation de l'expérience. Qu'allait-il advenir? Kitany ne lui laisserait sans doute plus aucune liberté. Il lui en voulait d'avoir abusé... de quoi? de sa naïveté?

de son inexpérience? Mieux valait pour lui ne pas prononcer ces mots.

Le lendemain matin, Kitany était près de son foyer, pareille aux autres jours. Il en fut rasséréné. Pendant la journée, il s'absenta et ne cessa de penser à celle pour qui maintenant l'avenir était assuré. Elle lui avait accordé tout ce qui était en sa possession, une confiance dans un incertain dont elle faisait sa certitude. Elle lui avait confié sa vie et la vie de son enfant. Il ne lui avait rien demandé de tout cela. Et il en était arrivé avec elle exactement au point où l'aurait amené la fille la plus évoluée de la ville qui se serait mis dans la tête de l'épouser. A peine eut-il risqué cette pensée qu'il en éprouva de la honte. Kitany lui avait donné plus qu'aucune autre.

Quand il rentra au village, le soir, il se précipita vers sa hutte pour y retrouver Kitany. Jamais il ne l'avait autant désirée, jamais il n'avait mieux éprouvé ce qu'elle lui procurait d'irremplaçable. Mais elle ne l'attendait pas. C'était sa sœur qui préparait le repas. La jeune fille expliqua à Tsivoloa que le fils de Kitany était en proie aux mauvais esprits et que l'on avait appelé le sorcier pour le soigner. Villers se rendit aussitôt dans la hutte de Kitany. Il l'y trouva assise à côté du bébé qui pleurait en s'agitant. Il lui fit dire par Tsivoloa qu'elle aurait dû avoir recours à lui, non au sorcier. Il trouva des décoctions de plantes dans des œufs de tortues, et les répandit par terre. Kitany le regardait faire sans parler. L'enfant, de toute évidence, était atteint d'une congestion pulmonaire. Il respirait avec peine et transpirait. Son pouls filait. La mort n'était pas loin. Villers prit dans sa trousse médicale sa seringue et voulut faire au petit malade une injection d'antibiotique. Quand Kitany vit l'aiguille, elle s'opposa à la piqûre avec une telle force que Villers dut charger Tsivoloa de la faire sortir de la hutte. Dehors elle se mit à crier. Le sorcier accourut et prétendit continuer son traitement. Villers demanda à Tsivoloa de traduire ses décisions : il refusait au sorcier le droit de soigner l'enfant qu'il garderait toute la nuit dans la hutte. Il ferait comme s'il était son père. Kitany, soudain calmée, congédia le sorcier qui partit en maugréant. Alors Kitany dit :

— René ne peut pas rester toute la nuit dans la hutte parce qu'il n'est pas l'époux de Kitany.

Villers répondit :

— René restera toute la nuit dans la hutte. C'est Kitany qui ira coucher ailleurs.

Elle ne répliqua pas. L'enfant continuait à pleurer. Kitany le prit dans ses bras et voulut l'allaiter, mais il refusa le sein. Elle en parut tout à fait décontenancée. Villers saisit le bébé avec douceur et le replaça dans les couvertures dont il l'avait enveloppé après avoir glissé sous elles des pierres chauffées au feu.

Kitany n'insista pas, et s'allongea près de son fils, observant les moindres gestes de Villers. Celui-ci administra au petit malade des désinfectants par la bouche et lui fit une autre piqûre. Sans cesse, il lui tâtait le pouls, essuyait son visage. Il humectait ses lèvres avec de l'eau contenue dans une cuillère. Un peu avant l'aube, Kitany s'accroupit, embrassa son fils sur le front et porta la main de Villers à ses lèvres. Puis, obéissante, elle se leva pour aller rejoindre sa mère.

Villers, demeuré seul avec l'enfant, eut soudain peur de perdre la partie. Quelle responsabilité il avait prise vis-à-vis de Kitany! Si le bébé mourait, elle penserait que le sorcier l'aurait sauvé. Elle détesterait le Blanc. Ou bien, soumise à lui, elle se soumettrait en même temps au malheur, et elle ne pourrait pas être abandonnée à Belembouke. Mais sans enfant, elle pourrait être plus facilement emmenée. L'idée inverse se justifiait aussi. Kitany seule ne supporterait pas l'existence à la ville. Elle ne la supporterait pas non plus avec l'enfant. L'enfant. Il fallait ne songer qu'à lui pour le moment. Tout tenter pour le sauver. Ensuite, on aviserait.

Villers n'avait jamais autant regardé le bébé. Pour la première fois, il lui donnait son nom, il en faisait une personne. Jusque-là il ne s'y était pas intéressé, il avait même éprouvé à son égard une indifférence un peu hostile. Ce petit être que sa mère couvait, qui n'attendait rien de lui, avait longtemps représenté l'obstacle. Un sentiment étrange qu'il osait à peine s'avouer, n'avait pas été sans l'effleurer : l'enfant était comme un rival lorsqu'il bénéficiait des générosités naturelles de sa mère...

Ramiako avait cessé de s'agiter et de pleurer. Il s'était endormi en plaçant l'un de ses poings fermés près de son menton. Il respirait toujours difficilement. Par moments, il avait des soubresauts. Une fine sueur couvrait son visage. Le profil rappelait celui de Kitany, mais la peau était plus noire. Villers se sentit attendri, tendu par la volonté d'arracher à la mort le petit corps que le destin lui avait confié. Le pouls n'était plus cet affolant trait continu qui semble lier le malade à sa fin. Il avait repris la cadence d'un pointillé encore très précipité, mais où déjà s'exprimait l'autonomie de chaque battement du cœur. Villers s'était adossé à la paroi de la hutte, le buste droit, pour ne pas céder au sommeil. Vers sept heures du matin, Kitany revint et, des yeux, demanda à Villers de la renseigner sur l'état de Ramiako. Il lui fit un large sourire en hochant la tête. Elle s'étendit près de l'enfant qui se réveilla bientôt et recommença à pleurer, mais elle n'osa pas l'attirer à elle. Ce fut Villers qui le porta contre la poitrine de Kitany pour qu'elle essayât de l'allaiter. Cette fois-ci, le bébé accepta le sein. Dans le regard de la maman pouvait se lire un bonheur si fort que Villers à qui ce regard était adressé fut lui-même envahi d'un flux de joie. Il considéra la mère et l'enfant d'une manière nouvelle; il eut l'impression qu'un pacte le soudait non plus seulement à Kitany mais aux deux êtres réunis. Et il s'assoupit en emportant dans ses yeux l'image de petites mains qui s'agrippaient à un beau sein de femme, tandis que cette femme allongée près de lui posait elle-même une main, comme un merci, sur son corps fatigué.

Il fut réveillé par un bruit de vaisselle. Kitany, après avoir recouché l'enfant rassasié dans ses couvertures, avait préparé la boisson du matin et la lui présentait. Il la partagea avec elle. D'un geste précautionneux, elle mit à découvert la plaie qu'il s'était faite avec le silex quelques jours auparavant et y posa les lèvres longuement. Dans son inexpérience et sa bonne volonté, il avait provoqué une blessure qui se cicatrisait mal et le faisait souffrir. Kitany s'en était aperçue, et elle voulait le soigner à son tour, selon ses moyens. La douceur insinuante des lèvres sur la plaie calma la douleur de Villers ou lui donna l'illusion de la calmer, et très vite il passa de la sensation d'apaisement à celle de caresse. Il attira Kitany contre lui, et tandis qu'elle continuait de lisser des lèvres les lèvres de la blessure, il retrouva dans sa bouche la sensation de tiède neige fondue qu'aucune autre femme n'avait su lui donner, ou qu'il n'avait osé demander à aucune autre.

Il passa la journée près du petit malade, qui reprenait vie aussi vite qu'il avait été terrassé. Le soir, Villers estima qu'il pouvait laisser Kitany seule auprès de son fils car elle avait compris de quels soins il fallait l'entourer. Il lui fit dire par Tsivoloa qu'il avait l'intention de regagner sa hutte. Elle eut une expression de peur, et elle répondit :

— Kitany demande à René de rester.

Il n'eut pas le cœur de lui refuser. Quand il rentra dans la hutte de Kitany, il trouva, accrochées à la paroi, des branches d'euphorbe fleuries, comme il avait l'habitude d'en disposer chez lui. Elle les lui montra avec un sourire de fierté. « Tu vois, semblait-elle dire, je sais profiter de tes leçons. Et je sais te faire plaisir. » Il posa sa main sur le cou de Kitany, puis pressa la tête contre sa poitrine. Elle l'y laissa quelques instants et leva vers Villers des yeux qui, dans l'ombre, devenaient d'une blancheur étonnante et révélaient toute leur âme au moment où les prunelles paraissaient être aspirées par les paupières.

Villers veilla sur le sommeil de l'enfant en même temps que Kitany allongée près de lui. Elle avait chanté pour endormir Ramiako, elle continua longtemps de chanter pour son plaisir, d'une voix douce, amortie, les yeux fermés, les bras ballants, le corps détendu, entre les eaux du jour et de la nuit, rêveuse bavarde, plus lointaine que ne l'aurait été une silencieuse. Villers entendit plusieurs fois son nom et celui de l'enfant passer dans la mélodie. Kitany aussi se nommait. Que disait-elle? Il aurait bien voulu le savoir. Lui, il essayait d'imaginer son avenir au contact de ce présent qui, un mois auparavant, ne lui aurait pas paru imaginable.

Servante? Oui, bien sûr. Maîtresse? L'une ne va pas sans l'autre. Servante-maîtresse? Une bonne formule pour célibataire nostalgique et prudent. L'animal rare qu'on rapporte d'une expédition et qu'on laisse en liberté chez soi jusqu'au jour où il casse tous les bibelots et mord les visiteurs. On ne peut plus le garder. On en fait cadeau à un zoo. L'animal perdu qu'on a recueilli et qu'on ne peut pas emmener le jour de son départ? On le place chez des voisins ou bien on le fait piquer par le vétérinaire parce qu'on l'aime trop pour le condamner à souffrir.

Kitany chantait toujours. Pourrait-elle se métamorphoser? Un corps de mannequin. Beaucoup de chic sans doute si elle était bien habillée. Les petites tresses deviendraient de longs cheveux. Mais les pieds qui n'avaient jamais été asservis? Non, pas une servante. Rien qu'une maîtresse. Tant pis pour les risques. L'animal doué qu'on éduque et qui fait l'admiration des connaisseurs? On s'en lasse, ou bien l'on ne peut plus s'en passer. Il trouve toujours preneur : les autres ou soi-même. C'est très simple.

La voix devenait de plus en plus faible, comme si elle endormait la chanteuse. Kitany se tut, brusquement assoupie. Et l'âme? Oui, parlons-en. Sans âme, est-ce que la fille donnerait autant de plaisir? Est-ce que certaines voluptés ne sont pas si voluptueuses parce que l'âme est là, qui ne les interdit pas, ne sachant même pas qu'elle existe? L'âme trop sûre de son existence, quel péril! La maîtresse... La servante aussi, pourquoi pas? L'animal qui nous offre sans le vouloir des leçons d'âme. L'ange qui ne cherche pas à faire l'ange puisqu'il ignore ce qu'il est. Mais le maître de la servante-maîtresse, le profiteur de l'ange?...

Kitany s'était affalée près du corps de son fils. Suffirait-il de la laisser à Belembouke pour que tout fût réglé? Non. Ici déjà, elle était ce qu'elle pourrait être là-bas : servante, maîtresse, maman. L'abandonner? Les abandonner? Trop tard. Mais les emmener?...

A la lueur de la bougie vacillante, le buste de Kitany semblait ruisseler d'une eau brillante où flottaient deux larges nénuphars. La tête alourdie de Villers s'appesantit doucement sur les seins et se laissa emporter par le sommeil. Pour la première fois, Kitany n'eut pas l'instinct de l'aube et se réveilla quand il faisait jour. Elle se leva d'un bond et s'enfuit vers la hutte de sa mère. Villers n'eut que le temps de la voir déplacer la carapace sans même prendre soin de la repousser, elle d'habitude si attentive. Il se sentit malgré lui raisonner : « Elle ne veut à aucun prix passer toute la nuit sous le même toit que moi et elle est prête à me suivre n'importe où. Elle a peur du jugement du village. Mais alors, elle ne préviendra personne de son départ? J'aurai l'air de l'avoir emmenée de force. »

Le jour, en faisant irruption par la porte, avait réveillé l'enfant. Villers se pencha vers lui et les yeux qui clignaient dans un rai de soleil sourirent au visage de l'homme maternel. Ém〈u de ce signe de confiance, il caressa le front du bébé qui se rendormit paisiblement. Il ne revit Kitany que fort tard dans la matinée, comme si elle avait voulu compenser son départ manqué par une absence plus longue. Il regagna aussitôt sa hutte en compagnie de Tsivoloa avec lequel il poursuivit une enquête sur les procédés d'allumage du feu.

Les habitants de Belembouke faisaient tourner l'extrémité d'un bâtonnet très dur sur un morceau de bois plus tendre, et la fumée puis l'étincelle naissaient dans le trou que forait la pointe trépidante. Il fallait une extraordinaire dextérité pour actionner le bâtonnet entre les paumes à une vitesse telle que le frottement provoquât le feu. De cette baguette magique Villers lui-même ne pouvait rien obtenir d'autre qu'une intolérable brûlure de ses mains et une vague odeur de bois roussi. Il se rendit possesseur de plusieurs morceaux de bois troués et de leurs perforateurs. Dans sa hutte, livrés à son incompétence, ces objets mâles et femelles dépouillés de leur pouvoir géniteur n'étaient plus que des matériaux inertes sans signification, sans beauté. Il prit des photos d'hommes en train de manœuvrer le bâtonnet, puis il les filma. Seul le mouvement pouvait faire croire au destin de cette matière. Mais même animée par un virtuose, elle ne serait plus que dérisoire dans une pièce éclairée à l'électricité. Et elle finirait sur une étagère de musée, comme tous ces autres objets extraits d'une hutte, pris sur un corps, dérobés à leur milieu, à leur usage, à leur fidélité pour être offerts aux regards absents d'innombrables touristes, à la contemplation maniaque de quelques initiés.

Et Kitany, arrachée à son village, à sa forêt, Kitany en robe, en auto, en cage? Si elle restait Kitany, comment vivrait-elle? Comment vivrait-il avec elle? Et si elle devenait une autre, alors pourquoi la vouloir à soi? Il fallait la faire sienne à sa manière. Passionnant, ce dressage. Et quelle plus complète possession? « Cet être est ma chose. Il me doit tout, y compris son malheur. Comme je lui suis attaché! Mais non, grâce à moi elle ira à l'école, au marché, au cinéma, peut-être au catéchisme, pourquoi pas? Elle a une âme, elle est une âme, une belle âme qui pourra enfin s'épanouir dans les règles. Et le soir, en me couchant, je retrouverai avec elle mes petites habitudes de grandes voluptés, celles que les femmes qui ne sont pas ma chose n'ont jamais pu me procurer... Mais assez. Il y a l'autre Kitany, la merveilleuse Kitany rêvée, la maîtresse du logis, la métamorphose impossible qu'on a réussie, l'amour plus qu'insolite : invraisemblable, la magique aventure qui console de toutes les autres, de quoi étonner et confondre, de quoi dépayser tout le monde, et d'abord elle, et d'abord moi. Alors?... »

L'enfant était sauvé, mais il fallait l'entourer encore de beaucoup de soins. Villers chargea Tsivoloa d'expliquer à Kitany ce qu'elle devait faire et ne pas faire pendant les trois jours de sa prochaine course en forêt. Il emmena avec lui tous les porteurs afin de chasser le sanglier. Le premier soir, autour du feu, les hommes parlaient plus fort qu'à l'ordinaire. Anako fit savoir à Villers qu'ils s'inquiétaient de ne pas rentrer. Sans doute la marche en colonne à travers la forêt les avait-elle replacés dans leur véritable condition. Eux aussi, à Belembouke, ils avaient pris des habitudes, ils avaient oublié leur village. Maintenant, ils se retrouvaient tels qu'à l'aller, tous réunis, et ils avaient envie de rentrer chez eux. Villers était capable de les comprendre. Il leur expliqua que le retour était proche, que la chasse avait pour but de faire aux habitants de Belembouke les cadeaux de l'adieu. Aussitôt après l'avoir dit, il le regretta : Kitany serait aux aguets.

Kitany, Kitany... Toute la nuit, il y pensa. Non, il n'avait encore rien décidé, car rien ne lui était possible pour le moment. Drame ou anecdote, il était un malfaiteur. Mais pourquoi pas un bienfaiteur? La sacoche de cuir qu'il ne quittait jamais contenait juste assez d'argent pour payer les frais de l'expédition. Il avait déjà prolongé son séjour à Belembouke au-delà des limites raisonnables. Quoi qu'il décidât pour Kitany, il fallait décider de partir.

Il surprit au gîte plusieurs sangliers, eut la bonne fortune d'en tuer deux et donna l'ordre de rentrer le jour même à Belembouke. Tsivoloa, quand il n'avait pas de fonction particulière à remplir, se trouvait toujours aux côtés de Villers. Il parlait peu, surveillait les moindres gestes de son maître; si attentif, si empressé que Villers en était à la fois touché et agacé. Il ne se privait pas de dire du mal d'Anako, mais ne parlait jamais de Kitany qu'avec passivité, et se contentait avec elle de faire l'interprète sans commentaires, alors qu'il accompagnait souvent ses traductions d'autres personnes de réflexions personnelles. Ce jour-là, dans la forêt, après un silence de plus d'une heure, il dit à Villers :

— Est-ce que le chef emmènera Kitany?

Villers lui répondit avec violence :

— Pourquoi veux-tu le savoir?

et se reprocha, de nouveau, cette impulsion qui le trahissait. Tsivoloa baissa la tête. Villers enchaîna d'une voix et d'un ton qu'il força au calme :

— L'heure n'est pas encore venue de te le dire.

Tsivoloa savait ce qui avait poussé Villers à faire annoncer la mort du mari de Kitany. Il avait le droit de poser la question. Il était le seul à l'avoir. Mais c'était justement ce droit que ne pouvait tolérer Villers. Tsivoloa devait avoir tout oublié.

La marche se poursuivit. Le jeune homme précédait

Villers pour lui faciliter le passage. Villers, qui ne supportait plus de ne trouver que soi en face de soi pour se donner la réplique, obéit soudain au besoin de profiter du droit qu'il ne voulait pas reconnaître à Tsivoloa. Il aurait eu envie de dire : « Tsivoloa, est-ce que tu penses que je vais emmener Kitany? »

C'est ainsi qu'il se serait adressé à un ami pour ne pas avoir l'air de demander : « Est-ce que tu crois que je peux ou que je dois l'emmener? » Comment poserait-il la question à Tsivoloa pour ne pas lui donner l'impression que sa décision était encore douteuse et que le maître était hésitant et que le maître cherchait un avis. Il finit par dire :

— Tsivoloa, est-ce que tu crois que Kitany veut partir avec moi?

Tsivoloa ne répondit pas. Il s'arrêta seulement, obligeant Villers à s'arrêter.

— Est-ce que tu crois?

— Moi sais pas.

Villers, énervé par cette dérobade, fit signe à Tsivoloa de continuer à marcher. Alors le garçon, approchant son visage de celui de Villers, mais sans lui livrer son regard :

— Toi pas l'emmener. Pas bon l'emmener.

— Pourquoi?

— Parce que son mari peut-être revenir.

Villers eut un frémissement intérieur.

— Avance, dit-il avec rudesse.

« Le mensonge est comme le premier riz : il arrive à point, mais il ne suffit pas pour l'année », voilà ce qu'affirmaient les vieux des régions habitées. Ils avaient raison. Villers se sentit trois fois coupable :

d'avoir pris l'initiative du mensonge, d'avoir chargé deux hommes de mentir à sa place, et de faire courir à l'un d'eux des risques de représailles. Il ne put s'empêcher d'imaginer le retour du mari avant même le départ de l'expédition.

— Pourquoi crois-tu que Rasidano peut revenir?

— Si lui pas mort, peut-être revenir.

— Et s'il revenait, qu'est-ce qu'il ferait?

— Moi sais pas.

— Si toi, tu étais à la place de Rasidano, qu'est-ce que tu ferais?

— Moi sais pas.

Toutes ces réponses inexistantes qu'il provoquait depuis des jours excédaient d'autant plus Villers qu'elles coïncidaient avec ses propres doutes. Il s'en prit à Tsivoloa pour se soulager :

— Ne réponds pas toujours : «Moi sais pas.» Essaie un peu de savoir. Qu'est-ce que tu ferais à la place de Rasidano?

Tsivoloa prit un air apeuré : « Moi rentrerais dans ma hutte. Moi chercherais ma femme.

— Et si dans la hutte, elle était avec un étranger, qu'est-ce que tu ferais?

— Moi sais pas. »

Villers se maîtrisa pour ne pas éclater. Il dit :

— Rasidano ne reviendra pas. Il est mort. Si je t'ai fait annoncer qu'il était mort, c'est parce que j'étais sûr qu'il était mort. Tu as dit la vérité.

Le visage de Tsivoloa s'éclaira. Il répéta :

— Rasidano mort. Plus jamais revenir.

Villers reçut cette phrase-écho comme un coup de poing qui le désarçonna. Jamais il n'avait autant éprouvé combien il était prisonnier de son mensonge.

Les images de la cérémonie funèbre lui collaient aux yeux. Tout ce déploiement de peuple, cette duperie collective qu'il avait suscités, cette confiance qu'il avait trahie, et la beauté du rite salie et le symbole ridiculisé... Il finissait par avoir des remords de meurtrier. Après tout, il n'avait pas tué Rasidano. L'homme avait peut-être choisi de vivre ailleurs; et s'il était mort, il avait été gratifié un peu plus vite que de coutume des secours rituels, ce qui avait rendu la liberté à sa femme. Il fallait bien l'admettre : le seul apaisement possible, c'était l'oubli, la légèreté. Pouvait-on d'ailleurs survivre à ses problèmes sans être superficiel? On parvenait à tout supporter parce qu'on était léger. On flottait à la surface des choses, sinon, on coulait à pic. A Belembouke, il était encore plus facile qu'ailleurs de flotter. Pourquoi Tsivoloa l'avait-il tiré vers le fond par cette phrase : « Rasidano peut-être revenir »?

En rentrant le soir au village, Villers n'aurait pas été étonné de trouver l'homme assis devant sa hutte avec Kitany. Que rien n'eût changé fut sa surprise. De loin, il vit que Kitany avait préparé le feu, qu'elle l'attendait comme d'habitude, petite tache noire soumise à une grande lueur rose. Tandis que les porteurs dépeçaient les sangliers près de la case du chef en présence de tous les habitants accourus, Villers rejoignit aussitôt Kitany. Ses premiers mots furent :

— Et l'enfant?

Elle répondit dans la langue du Blanc :

— Très bien.

et lui prenant la main qu'elle porta à ses lèvres :

— Merci.

Le bébé dormait calmement au fond de la hutte.

Sur sa couverture avait été disposé un chandail de telle manière que les deux bras semblaient entourer le petit corps. Kitany dit à Villers dont elle avait suivi le regard :

— Toi avec lui.

Villers quitta sa hutte à regret pour rejoindre le chef du village, dont, selon le protocole, il devait partager le repas. Devant chaque habitation, les familles s'étaient groupées et mangeaient la viande qu'elles avaient fait bouillir. La coutume voulait que le gibier fût consommé aussitôt dépecé, car les chairs faisandées pouvaient corrompre l'homme. Dans l'air qui, ce soir-là, n'était qu'une tiédeur immobile, le fumet dégagé par toutes les marmites stagnait au-dessus du village comme une vaste et pesante odeur. Le chef et sa famille mâchaient la nourriture sans parler. La mère se servait d'un morceau de bois pointu pour piquer la viande dans le récipient et la distribuer aux convives.

Villers songeait à Kitany qu'il n'avait pu emmener avec lui parce qu'elle n'était pas son épouse. Il avait remarqué qu'elle n'était pas venue chercher le morceau de sanglier auquel elle avait droit. Il n'éprouvait qu'un désir : la retrouver. Mais au moment où il allait prendre congé du chef, deux danseurs sortirent de l'ombre tandis que des foyers les plus proches, ranimés par des brassées de bois sec, jaillissaient de hautes flammes. Les hommes avaient posé sur leurs épaules une peau de sanglier et s'étaient recouvert la tête comme d'un capuchon de la tête évidée des bêtes dont les défenses pointaient au-dessus de leurs yeux. Ils couraient à quatre pattes, grognaient, flairaient le sol. Toute l'assistance riait, lorsque surgit au milieu du cercle un troisième danseur presque nu, porteur d'un long bâton qu'il faisait tournoyer. Les rires cessèrent, on avait peur. Il fallait avoir peur pour que le jeu fût réussi. Le danseur au bâton fut assailli par les sangliers. Il les évitait en sautant au-dessus d'eux, en faisant de brusques écarts. Puis il tomba et les bêtes se ruèrent sur lui pour labourer ses flancs. Il se releva, sembla fuir, mais ce fut pour prendre son élan et attaquer les bêtes furieuses qui s'en prenaient à la terre d'avoir laissé échapper l'homme. Après quelques jongleries de bâton, il assomma prestement ses deux adversaires qui s'affalèrent sur le sol. Alors, il leur retira les peaux, et les brandissant, il fit des bonds démesurés et cria sa victoire pendant que tous les habitants répétaient ses cris. Il s'effondra à son tour, mais comme pour donner aux autres danseurs le signal de la fin : d'un seul et prompt mouvement les trois hommes se relevèrent et disparurent dans la nuit.

Le chœur des assistants cessa aussitôt de se faire entendre. Chacun retrouva le silence autour des feux qui s'apaisaient eux-mêmes. La danse avait-elle eu lieu? Qu'est-ce qui existait réellement dans cette clairière ténébreuse? Qu'est-ce que lui, Villers, y faisait exister? Il se leva, échangea avec le chef des saluts cérémonieux et, d'un pas dont il voulait cacher la précipitation, il regagna sa hutte qu'il trouva vide. Kitany n'était ni chez elle ni chez sa mère. Cette absence inattendue et inexplicable l'inquiéta d'abord puis l'irrita comme une offense. Il parcourut le village et passa en revue tous les foyers afin d'y découvrir Kitany. Plusieurs fois, il crut la reconnaître dans la silhouette obscure d'une mère allongée près de son enfant. Mais il fallait venir très près du feu pour être sûr de ne pas se tromper, il fallait avouer qu'on cherchait quelqu'un. Il ne put s'y résoudre. Et pourtant qu'avait-il à se soucier de l'opinion de tous ces êtres et du rire des filles qu'il avait refusées? Peut-être ne craignait-il que la réaction de Kitany...

Il revint à sa hutte, espérant qu'elle l'y attendrait; puis il passa la nuit à l'attendre. Elle ne réapparut qu'à l'heure habituelle du matin pour allumer le feu, le pas tranquille et l'air calme. Il eut envie de la prendre dans ses bras sans un mot, mais il l'accueillit avec froideur. Elle s'approcha pour l'embrasser. Il la repoussa. Elle eut un regard de chienne battue qui ne montre pas les dents mais regagne son coin avec fierté. Très vite, elle reprit son naturel. Il aurait fallu qu'elle persistât à se vouloir affectueuse, alors il se serait laissé aller à cet immense besoin de tendresse qu'il portait en lui et qu'elle avait blessé. Kitany fit son travail sans prononcer une parole. Villers n'y tint plus. Il était impossible qu'il ne sût pas les raisons d'une absence que rien ne laissait prévoir. Il décida de chercher Tsivoloa, parce qu'il n'était pas capable d'avoir seul avec Kitany l'explication dont il ne pouvait plus se passer. Quand il partit, sans l'en avoir prévenue, elle eut un petit geste de la main comme pour lui demander où il allait. Il ne le vit pas, et pensa : « Elle ne s'inquiète même pas de savoir pourquoi je m'en vais. » A son retour, quelques minutes plus tard, elle était partie. Il la vit assise devant sa hutte et l'y rejoignit ausitôt en compagnie de Tsivoloa. Elle continuait à s'occuper de son bébé comme si elle ne s'était pas aperçue de l'arrivée des deux hommes.

— Pourquoi ne m'as-tu pas attendu hier soir?

Kitany leva la tête, surprise du ton violent de Villers, que Tsivoloa, par mimétisme avait adopté dans sa traduction. Pour la première fois, elle répondit par une autre question qu'elle formula comme un défi :

— Pourquoi toi, tu n'as pas mangé le sanglier avec moi?

Villers, sans même s'en rendre compte, accepta d'être l'accusé :

— Parce que le chef m'avait invité.

Kitany resta silencieuse. Villers ajouta :

— Tu sais bien que je ne pouvais pas t'emmener. Tu n'es pas mon épouse.

Kitany hocha la tête.

— Où as-tu mangé le sanglier?

— Chez des parents.

— Je t'ai cherchée. Est-ce que tu as vu que je te cherchais?

— J'ai vu toi marcher.

— Tu n'as pas pensé que je te cherchais?

Kitany ne répondit pas.

— Pourquoi n'es-tu pas venue me retrouver après avoir mangé le sanglier?

Kitany tourna la tête.

— Pourquoi? dis-moi pourquoi?

La jeune femme était debout entre les deux hommes. En fuyant le regard de Villers, elle ne put échapper à celui de Tsivoloa qui reflétait son maître.

— Pourquoi? Je veux savoir pourquoi.

Brusquement, Kitany se baissa, saisit son enfant et rentra dans sa hutte. Villers l'y suivit. Tsivoloa hésitait sur le seuil.

— Viens, lui dit Villers.

Kitany avec force repoussa dehors le jeune homme en lui jetant au visage des mots que, de l'extérieur, il traduisit à Villers :

— Elle pas vouloir que j'entre. Elle vouloir toi avec elle, pas moi.

— Eh bien, va-t'en, fit Villers.

Tsivoloa s'esquiva, le pas vif mais à regret. Kitany, calmée, s'était assise près de son enfant. Villers chercha ce qu'il pourrait dire pour lui faire comprendre qu'il regrettait sa colère et que rien n'était changé entre eux. D'instinct, il trouva : « Kitany chérie » et ce fut suffisant. Elle laissa tomber sa tête sur la poitrine de Villers. Il en éprouva un plaisir — celui de la réconciliation — dont la nouveauté dans ses rapports avec elle le troubla, l'inquiéta si fort qu'il ne put s'en débarrasser que par une étreinte où rien de ce qu'il pensait ne subsista.

Le lendemain, Villers découvrit à quelques mètres de sa hutte, enfoncé dans le sable, un bâton enduit d'une substance visqueuse. Il n'y toucha pas jusqu'à l'arrivée de Kitany. Celle-ci en voyant le pieu poussa un cri et se garda bien, elle aussi, d'y risquer la main. Villers lui demanda ce que c'était. Elle répondit : « Moi sais pas » d'une façon telle qu'on pouvait être sûr qu'elle le savait mais ne voulait pas le dire. Villers posa la question à Anako, puis à Tsivoloa. Tous les deux se déclarèrent incompétents et refusèrent de s'enquérir auprès des habitants de Belembouke. Il leur demanda de chercher le sorcier, mais l'homme détourna la tête sans même leur répondre. Villers fit annoncer à Kitany qu'il allait arracher le bâton de ses mains et le jeter au feu. Elle eut un élan vers lui :

— Non. Pas faire ça, non!

— Pourquoi? Si tu ne dis pas pourquoi, je prends le bâton.

Alors, elle expliqua : les esprits, la nuit, plantaient des bâtons empoisonnés pour désigner ceux auxquels ils voulaient du mal. On ne pouvait détruire ces bâtons qu'en les brûlant, sans y toucher, et seulement entre le coucher et le lever du soleil. Pendant la journée, les habitants vinrent tous considérer le pieu maléfique, mais de loin. Quand la nuit fut tombée, Kitany disposa autour de lui des feuilles et des branches mortes, et porta sous leur amoncellement un tison du foyer. Le bâton était fait d'un bois très dur. Il fallut plus d'une heure pour qu'il se consumât en exhalant une fumée fétide. Sur ses cendres, Kitany répandit une épaisse couche de sable.

— Est-ce que des bâtons sont souvent plantés près des huttes?

— Non, répondit Kitany.

— Combien en as-tu vu dans ta vie?

— Trois.

— Est-ce qu'il est arrivé un malheur à ceux qui avaient été marqués par le signe?

Elle ne répondit pas.

Anako voulut parler à Villers. Il lui apprit que les porteurs exigeaient de partir et que si le Blanc décidait de rester encore à Belembouke, ils se feraient payer et rentreraient tout seuls.

— Tsivoloa aussi veut partir? demanda Villers.

— C'est Tsivoloa, fit Anako sans regarder Villers, qui m'a demandé de venir te parler. Mais il ne veut pas que je dise qu'il a demandé. Moi, je dis parce que je suis ton fidèle serviteur.

— Alors, toi, tu accepterais de rester avec moi?

Anako baissa la tête sans répondre. Villers le chargea de dire aux porteurs que le départ était proche et que personne ne devait avoir peur des mauvais esprits parce que le Blanc était plus fort qu'eux. Il ajouta que le retour dans la forêt sans le Blanc était très dangereux. Il ne pouvait en vouloir à Tsivoloa d'avoir semé le trouble chez les porteurs et provoqué leur sommation : le jeune homme se sentait visé le premier par le bâton empoisonné.

Que lui arriverait-il si les hommes l'abandonnaient? Il gagnerait la mer et s'embarquerait dans une pirogue avec un habitant de Belembouke à qui il aurait donné quelques objets, et ils feraient comme le mari de Kitany, ils suivraient la côte jusqu'à ce que... De toute façon, ce serait une étonnante aventure. Ou bien, il arriverait à un village après trois cents kilomètres de parcours, ou bien il n'arriverait jamais. Au village, il rencontrerait peut-être Rasidano. Mais il ne le saurait pas. Il le saurait à coup sûr s'il se faisait accompagner de Kitany.

Il avait déjà pris de nombreuses photos d'elle. Le jour même où Anako fit entendre les exigences des porteurs, il la filma tandis qu'elle allumait le feu, préparait le repas, mangeait avec lui, donnait le sein à son fils. Elle ne semblait pas prêter attention à ce qu'il faisait, ne prenait pas de pose. Elle lui avait pourtant demandé à quoi servait cet appareil et, pour se faire comprendre, il lui avait montré des photos de personnes et de paysages. Elle avait manifesté moins d'étonnement que le jour où elle avait appris qu'on pouvait se voir dans un objet plat qui avait l'apparence de l'eau et qu'on accrochait au mur. « Tu te trouves jolie, Kitany? », lui avait-il fait demander un jour qu'elle se regardait dans la glace. Elle avait répondu une fois de plus : « Moi sais pas. » Mais elle semblait se plaire beaucoup, et tous les matins, elle passait de longs moments à se contempler en arrangeant ses cheveux ou en faisant des mimiques qui provoquaient ses rires d'enfant.

Villers désirait emporter l'image la plus intime de

Kitany. Il ne pouvait la photographier nue au village. Aussi s'arrangea-t-il pour l'accompagner dans la forêt alors qu'elle allait y ramasser du bois. Ce n'était pas la première fois qu'il lui faisait escorte. Elle ne s'étonna donc pas de sa présence. Mais lorsque, dans la solitude, il l'attira contre son corps et lui fit comprendre qu'il la désirait, elle en parut très surprise, un peu déconcertée. Jusqu'alors, l'étreinte avait toujours été abritée par la hutte. Ce devait être l'habitude à Belembouke de rentrer au terrier pour faire l'amour. Cependant, elle se laissa dévêtir, allonger sur le sol et posséder, se soumettant à la volonté de l'homme, mais sans plus. Villers pas tellement fier de lui, se releva pour saisir son appareil de photo et le braqua sur elle qui était restée couchée par terre, dans une position très abandonnée. Mais avant qu'il eût pu prendre le cliché, elle fut debout d'un bond et s'enfuit à travers les branches en emportant son pagne. Il ne chercha pas à la rattraper et rentra tout seul au village, plus mécontent de lui que d'elle, et préoccupé de la façon dont elle l'accueillerait lorsqu'elle le reverrait. Ne déserterait-elle pas, une fois encore, sa hutte?

Il fut vite rassuré. Elle avait regagné Belembouke avant lui et s'affairait autour du feu. Il s'approcha d'elle, l'air contrit, semblant dire : « Il ne faut pas m'en vouloir. » Mais c'était inutile, elle ne paraissait nullement irritée. Au contraire, elle se mit à rire, en montrant du doigt l'appareil de photo. Mais cette réaction, il en était sûr, avait le même sens que si une autre avait dit, en lui souriant gravement : « Je te pardonne, à condition que tu ne recommences pas. » Il voulait pourtant recommencer, et il savait déjà comment il s'y prendrait.

Ce soir-là, de même que les soirs précédents, il n'avait pas convié Tsivoloa au repas. Depuis que le jeune homme, lors de la maladie du bébé, avait chassé de sa hutte Kitany, celle-ci n'avait plus voulu lui parler et refusait d'entendre les questions dont le chargeait son maître. Villers lui-même supportait mal la présence de Tsivoloa près de Kitany. Trop de silences hostiles séparaient ces deux êtres qui, l'un et l'autre, avaient partagé avec lui le breuvage de l'amitié. Et puis ce garçon dévoué jusqu'à la mort, mais pas jusqu'à la peur, rappelait à Villers trop de choses, et d'abord qu'il fallait partir.

Le tête-à-tête avec Kitany auprès du feu se prolongea tard dans la nuit. Villers lui demanda de chanter. Elle accepta comme d'habitude sans se faire prier. Il enregistra ses mélopées, et aussi leur dialogue. « Kitany chérie », lui dit-il pour l'entendre dire : « René chéri », et : « Est-ce que tu aimes René? » afin qu'elle lui répondît, comme elle faisait depuis le jour où il lui avait appris ce que les Blancs appelaient aimer : « Oui, j'aime René. » Il lui avait aussi appris à ajouter : « Et je l'aimerai toujours. » Quelle sottise! Elle valait mieux que cette leçon de perroquet. Elle lui avait assez prouvé à sa manière et autrement que par des mots tout ce qu'elle lui donnait sans imiter personne. D'ailleurs, elle se prêtait avec empressement à ce genre d'exercice de vocabulaire, elle le provoquait même parfois. Qu'il fût amoureux n'y ajoutait sans doute pas grand-chose pour elle. Elle avait tellement envie d'apprendre. Elle répétait avec le même plaisir : « Les yeux de mon fils sont noirs », ou : « C'est l'heure du repas. » Pourtant non. Elle disait : « J'aime René » d'une manière toute spéciale. Elle comprenait ce que cela signifiait. Mais pourquoi lui avait-il appris à dire : « Et je l'aimerai toujours », puisqu'il savait lui, qu'il n'y aurait pas de toujours, à moins que ce ne fût justement parce qu'il le savait? Pourquoi l'avoir empoisonnée de ce mot, plus dangereux que tous les bâtons de sorcier?

Après la toilette du soir, ils rentrèrent dans la hutte où le bébé dormait. Villers n'en pouvait plus de tendresse. Il aurait voulu que Kitany comprît tout ce qu'il lui avait prodigué sans avoir su le lui dire. Mais elle avait dû l'entendre en dehors des paroles. Les explications n'étaient que des complications de civilisés.

Kitany, qui se soumettait d'instinct à sa société, d'instinct aussi était prête à la fuir. La fuite à deux. Était-ce la solution? Mais pour Villers, la fuite existait dans le sens inverse. C'était à Belembouke qu'il avait connu la liberté, et c'était en quittant le village qu'il rentrerait dans sa prison. Il n'était pas possible que Kitany le suivît. Mais était-il impossible qu'il demeurât à Belembouke? Il haussa les épaules. « Il faudrait que je puisse revenir », mais Belembouke et Kitany retrouvés ne seraient plus Belembouke et Kitany. Le pays et la femme étaient l'évasion, le bonheur inattendu parce que l'un et l'autre avaient été découverts.

Kitany s'était dévêtue et étendue sur le dos, chantonnant, elle attendait que le maître vînt à elle. Il la regarda longuement, indiscrètement, puis il se mit à genoux près d'elle et des deux mains il la caressa comme on modèle une argile qui s'impose aux doigts plus que les doigts à la matière. Elle avait fermé les yeux, et se livrait toute à la douceur de la sensation qui parfois devenait acuité. Alors, elle frémissait un peu, ses jambes se tendaient, ses paupières battaient. Il voulait conserver dans le creux de sa paume, au long de chacun de ses doigts, le souvenir de l'attouchement, et plus et mieux que le grain de la peau : la ligne, le volume, les dimensions de toutes les parties de ce corps qu'il avait rencontré au bon moment, à son point de maturité, dans la justesse de l'âge des femmes-enfants.

Que serait-il demain, ce corps aujourd'hui parfait? Villers préférait n'y pas songer, sans pouvoir éviter la question. Il le souleva un peu, le fit pivoter et, de nouveau, contempla les formes, les unit à ses mains, les habilla de la nuque aux talons avec des gestes d'esthète. Il considérait ce dos, ces reins, cet épanouissement des cuisses en de souples et fermes courbes comme une œuvre d'art, un être sans figure, une chair abstraite à posséder dans son musée imaginaire. Soudain, la statue redevint fille, il poursuivit des lèvres le modelage des mains. Kitany se retourna et, d'un brusque mouvement, elle domina Villers dont la tête se trouva sous son buste. Puis, elle se pencha en avant, agit comme le mâle, força la bouche impatiente, imprima à sa poitrine un mouvement de va-et-vient, et ce fut, cette nuit-là, une double possession passionnée qui, comme un vertige, fit tomber dans le sommeil le couple encore soudé.

Villers réveillé le premier, se souvint de ses intentions; il se leva silencieusement, saisit son appareil de photo. A la lueur d'une bougie, il put choisir un angle de vue sur le corps ouvert à tous les regards du désir. Le déclic et l'éclair firent sursauter Kitany sans la réveiller tout à fait. Elle poussa un long soupir et se rendormit. Villers s'étendit près d'elle, appuyant sa tête sur les flancs dont les ténèbres cachaient peut-être les premiers élans d'une vie qui serait née de la sienne. Il fut pris d'une grande désespérance. L'image obtenue par la ruse, c'était cela son aventure à Belembouke : une si belle vérité empoisonnée par le mensonge.

Le lendemain, les porteurs préparèrent une expédition vers la côte : « La dernière avant le retour », leur avait dit l'interprète. Les hommes n'osaient plus protester depuis qu'ils craignaient les mauvais esprits de la forêt plus encore que ceux du village. Ils étaient obligés de se soumettre aux volontés du Blanc à qui, malgré tout, ils continuaient de faire confiance.

Villers passa la journée à Belembouke et prit le repas de midi avec Kitany et Anako. Pour être plus à l'aise dans son travail, Kitany avait déposé son bébé par terre, à côté de Villers qui le surveillait. Ramiako, apprivoisé, jouait avec une plume que Villers tenait à la main, et poussait des petits cris de joie chaque fois que son visage était chatouillé. Autour du feu, trois chiens étaient couchés, guettant les restes du repas. C'étaient les commensaux habituels, ceux qui avaient pris possession des lieux, créant une communauté spontanée dont les autres chiens étaient exclus par des grognements. Kitany, sur les instructions de Villers, nourrissait ces bêtes; elle avait appris à leur donner des caresses qu'elles semblaient désirer autant que leur pâtée.

Et puis, il y avait, échoué le long de la hutte, un petit garçon d'une dizaine d'années, paralysé des jambes, que ses parents amenaient là, au moment du repas de midi, pour le distraire sans doute et aussi pour qu'il eût sa part de nourriture. L'enfant immobile avait un grand regard vide, mais lorsque Villers s'approchait de lui, tenant une assiette, il s'agitait un peu et ses yeux se remplissaient de clartés.

Kitany, ce jour-là, n'était pas bavarde. Elle ne prononça que deux phrases pendant le repas.

— Combien de jours René partir?

Villers répondit en lui montrant trois doigts.

— Pour chercher des œufs de tortues?

— Oui.

Kitany étendue près de Villers redevint muette. Ramiako s'était endormi. Le petit paralytique dormait lui aussi, comme les chiens. Anako, accroupi, les yeux clos, mâchait une plante. Villers le congédia. Dès qu'il fut parti, Kitany se rapprocha de Villers, lui prit la main avec douceur et dit :

— Kitany veut parler comme toi

répétant en français ce qu'il avait lui-même appris à dire dans le langage de Belembouke. Il ne sut que lui répondre par un oui qu'il crut accompagner d'un sourire gai. Mais ce sourire cachait mal une tristesse que Kitany discerna peut-être, car elle lui serra la main un peu plus fort, et son regard parut exprimer une inquiétude à laquelle il voulut échapper en se levant. Il rejoignit les porteurs et surveilla la confection des ballots qu'ils devaient emporter.

Tsivoloa qui travaillait avec les autres s'approcha de lui et dit à voix presque basse :

— Le chef ne veut plus Tsivoloa avec lui pour manger?

Villers ne répondit pas.

— Pourquoi le chef ne veut plus?

Le silence se prolongea.

— Pourquoi le chef ne veut plus?

répéta Tsivoloa en haussant le ton. Alors Villers, excédé :

— Le chef fait ce qu'il veut et Tsivoloa ne doit pas poser de questions.

Ayant dit cela, il tourna le dos à Tsivoloa qui resta quelques secondes sans bouger, puis retourna à son travail. Villers eut aussitôt le regret d'avoir malmené le jeune homme. Après s'être intéressé à la tâche de chacun des porteurs, il revint vers lui et le touchant à l'épaule :

— Tsivoloa, moi toujours ami avec toi.

Tsivoloa, le visage épanoui, saisit la main de Villers et l'embrassa.

— Chef, moi...

— Oui, je sais,

fit Villers. Et il se sépara de lui, non sans lui avoir adressé un bon sourire.

Il avait à la fois hâte et peur de retrouver le tête-à-tête avec Kitany. Quand il rentra le soir, elle lui adressa comme d'habitude les mots de bienvenue en restant assise. Comme d'habitude, il alla vers elle et l'embrassa sur le front. Un bouillon fumait dans la marmite : du bouillon de perroquet. Cela ressemblait à ces soupes que les paysans pauvres de France confectionnaient autrefois avec les abats des corbeaux. Villers en avait assez de cette nourriture toujours forte et pourtant sans saveur. Elle le faisait penser aux gens qui mettent toute leur personnalité à crier pour prononcer des mots insignifiants. Kitany était l'inverse : une nourriture d'apparence douce qui laissait au palais des sensations de chaleur poivrée dont on ne se lassait pas. Il avait maigri à ce double régime, tellement maigri que parfois il s'en inquiétait. Aurait-il la force de marcher encore pendant des jours à travers la forêt en ne vivant que de gibier et de plantes? Il avait compris pourquoi les habitants de Belembouke passaient leur temps allongés, somnolents, et pourquoi ils ne dansaient qu'après les repas de chasse ou dans l'excitation des obsèques. Quand il eut absorbé le bouillon, il se fit chauffer du café, un peu de cette poudre qu'il gardait avec autant de précaution que ses médicaments. Il en aurait besoin la nuit suivante pour ne pas dormir. Kitany n'aimait pas le café qu'elle trouvait amer. Elle en servit une tasse à Villers et y trempa les lèvres selon la coutume avant de la lui présenter, non sans faire une grimace qui s'acheva par un grand rire.

Villers, couché près du feu, l'entendit se laver en chantant. Il entendit aussi le bruit de l'eau qui cascadait sur le corps heureux. Longtemps, il aurait dans l'oreille ces chants ponctués de ruissellements. Elle revint vers lui, vêtue de sa seule ceinture, brillante, étrangement lumineuse dans sa couleur sombre au milieu de tant de noirceurs. Elle sentait bon : la propreté et aussi ce parfum original que certains corps conservent malgré les ablutions. Il se leva et la respira tout entière. Une fois de plus, elle rit; puis d'un mouvement de danseuse, elle lui tourna le dos et courut jusqu'à la hutte. Il demeura de longs instants, debout, les yeux et l'esprit perdus dans cette nuit de

Belembouke pareille à toutes les nuits du doute et pour lui différente à jamais, peuplée d'oiseaux-étincelles amis des foyers et des hommes, et non d'univers incendiaires vertigineusement inhumains. Dans la hutte, Kitany l'appela. Son nom, amorti par les parois de branches, retentit plusieurs fois, s'envola, rejoignit les étoiles et s'y consuma. Sans lui répondre, à pas lents, il regagna la hutte, obtura l'ouverture avec la carapace de tortue et, comme un automate, alluma la bougie. Kitany, dénudée, l'attendait. Il s'était juré de ne pas la prendre. Aucune étreinte ne pourrait surpasser celle qu'il avait connue la veille. Il se coucha près d'elle sans la toucher, l'enveloppa d'un regard qui n'était peut-être pas très différent de celui qu'il aurait plus tard en contemplant la photo désirée. Elle se rapprocha de lui, et ne lui demanda rien d'autre qu'une main pour la poser sur son épaule.

— René,

dit-elle en levant les yeux vers lui.

— Kitany, ma petite Kitany...

Il caressa les cheveux et doucement, méthodiquement, lissa du bout des doigts chaque partie du visage. Il s'attarda sur les lèvres où son index passa et repassa comme s'il voulait leur imposer silence. La bouche s'entrouvrit. Ce ne fut pas pour parler, mais pour rendre sa caresse à la main qui s'immobilisa tandis que la parcouraient la tiédeur d'une haleine et la fraîcheur d'un fruit juteux.

Kitany savait-elle ce qu'elle donnait? Non. Elle n'avait rien à savoir. Elle était douée tout simplement, comme elle l'était lorsque, se livrant aux audaces du corps, elle les rendait plus voluptueuses par un frisson qui débordait la chair. Oh, ce regard de braise dans la cendre, cette pulpe si fine sous l'écorce, ces bourgeons de sève rose et mauve aux secrets extrêmes des jouissances, cette innocence et toutes ces ruses, ce rire et cette gravité, Kitany, cette Kitany...

Elle s'était assoupie, les lèvres posées sur la main de Villers. Il demeura longtemps sans bouger, s'imprégnant de la sensation : celle d'un être tout entier offert dans le poids d'un visage endormi. Puis, il se détacha d'elle avec précaution, s'adossa à la paroi de la hutte. La flamme de la bougie propageait des ondes sur le corps allongé, et l'on aurait dit que Kitany s'animait. Ceux qui ont veillé des morts connaissent la cruauté de cette illusion. Villers eut les larmes aux yeux.

La colonne des porteurs s'étirait déjà sur le sentier qui menait de Belembouke à la mer alors que le soleil commençait tout juste à s'infiltrer entre les feuillages. Les hommes étaient très chargés, ils avançaient lentement. Villers lui-même portait, en plus de son matériel de photo et de cinéma, un volumineux sac à dos. Il ne voulait pas penser, ou plutôt il ne voulait penser qu'à ses responsabilités de chef. Il fit s'arrêter les hommes dans une clairière après une heure de marche. Il était vain de pousser plus avant vers la mer. On aurait assez d'efforts à faire dans la bonne direction pour s'éviter le moindre pas inutile. Il dit à Anako et à Tsivoloa qu'il avait décidé de changer d'itinéraire et qu'ils allaient quitter le sentier pour passer à travers la forêt. Les deux hommes sans rien répondre transmirent l'ordre à leurs compagnons. Et tous parlèrent avec animation. Puis Anako vint dire à Villers :

— Il y a trop de choses à porter. Il faut suivre la piste.

Villers avait projeté de n'annoncer que le soir son intention de rentrer définitivement sans retourner à

Belembouke. Il craignait que la révélation prématurée n'incitât l'un ou l'autre des hommes à vouloir revenir au village pour quelque raison personnelle. Mais il se vit obligé de dire la vérité dès ce moment, du moins une vérité accommodée aux circonstances : il renonçait à atteindre la mer pour gagner du temps, on ne repasserait pas par le village, on irait tout droit jusqu'à une source située au nord et l'on y installerait le campement de la nuit.

Comme il l'avait prévu, le mot nord fit merveille. Pour tous ces hommes, c'était la certitude du retour, la vision du village natal. Aucun ne trouva donc plus à se plaindre de marcher à travers la forêt, même lourdement chargé, aucun ne réclama de revenir à Belembouke. Villers se méfiait surtout des réactions d'Anako car il savait qu'il avait pris femme : l'interprète n'exprima pas la moindre réticence en face d'une décision aussi arbitraire et personne ne demanda d'explication. La bonne humeur éclairait tous les visages, et ce fut avec beaucoup d'entrain que la colonne s'engagea dans le fouillis des branches en suivant une coulée de sangliers.

On n'atteignit la source qu'à la tombée du jour, au prix d'une fatigue que les hommes avaient acceptée sans rechigner. Couchés près du feu, ils chantèrent avant de s'endormir :

Nous allons rentrer dans nos demeures
Nous allons revoir nos parents
Nous allons avoir beaucoup de sous
Nous achèterons beaucoup de choses.

Et chacun disait ce qu'il désirait acheter : un bœuf,

une chèvre, des bidons, des sacs de riz, du sucre. L'un dit : « Un vélo », et ce fut un éclat de rire.

Villers, à quelques mètres de là, revivait les moments du départ. Il avait fait en sorte que Kitany fût réveillée avant le soleil. Elle s'était accroupie près de lui, comme d'habitude, et lui avait tendu l'épaule pour qu'il y posât le baiser rituel. Elle avait replacé l'enfant sur son dos et, au moment où elle allait franchir le seuil, il s'était levé d'un bond, l'avait saisie par la taille et serrée contre lui. Elle n'avait pas eu le temps de réagir. Comme s'il s'était brûlé à elle, il l'avait aussitôt lâchée et s'était dissous dans le noir de la hutte. Puis d'un brusque geste de désespoir, il avait fait basculer la carapace de tortue sur l'embrasure pour que la séparation fût enfin accomplie.

Alors, il avait préparé ses bagages avec une hâte qui ne l'avait pas empêché d'être lucide et méticuleux. Tant de fois, il avait songé à ce qu'il emporterait et à ce qu'il abandonnerait. Il n'avait pris avec lui que ce qui était vital, renonçant à bien des choses nécessaires. Dans son sac à dos, il avait entassé ses cahiers, ses croquis, les films, les photos et les enregistrements avec quelques petits objets précieux comme le collier de coquillages de Kitany. Il s'était ingénié à laisser les lieux dans l'état le plus normal afin qu'elle ne s'aperçût de rien. Le réveille-matin était resté accroché à la paroi, non loin du miroir et des ciseaux qui représentaient le « trésor » de la ménagère.

Tous ses préparatifs devaient être terminés avant que Kitany ne fît sa réapparition. Il avait confié à Tsivoloa qui l'avait rejoint les colis dont il ne se chargerait pas et lui avait demandé de l'attendre, avec les autres porteurs, à la sortie du village. Il avait voulu demeurer seul au moment de quitter les lieux où il avait vécu pendant... Mais pourquoi chercher à le préciser? Le temps à Belembouke avait eu des dimensions anormales, en dehors du calendrier et même de la chronologie des lunes : il s'était étiré à l'infini, ou bien il avait eu la crispation d'un éclair, on ne pouvait savoir. Chaque instant y était visible avec l'intensité que donne au souvenir la durée ou l'illumination.

Villers quittait la scène en y abandonnant les accessoires les moins utiles. Le décor n'était pas plus réel que le temps. Rien n'avait été réel. Après avoir replacé soigneusement la carapace dans le rectangle de la porte, il s'était dirigé vers le point du village où les porteurs l'attendaient. Il n'avait pas été assez fort pour éviter de passer à côté de la hutte de Kitany. Il s'était même approché de la paroi de branches, y avait collé son oreille. Rien n'avait été réel, mais tout avait été si vrai. Peut-être allait-il entendre bouger la mère ou l'enfant? Il n'avait perçu que le silence, comme une dernière vérité. Avec lenteur, il avait pris le large, non sans se retourner une fois, deux fois, et quand il n'avait pu s'exempter de le faire une troisième fois, la nuit avait absorbé les deux huttes.

Maintenant, il imaginait la première journée de Kitany sans lui. Confiante, elle attendait son retour. Il n'était encore qu'à quelques kilomètres du village. Il pouvait le lendemain y revenir avec un de ses hommes pour la chercher. Elle partirait sans hésiter, son enfant sur le dos, tenant à la main un panier qui contiendrait ses objets préférés. Et il sentirait de nouveau contre lui une chaleur, il éprouverait comme une offrande cet abandon à un avenir dont elle ignorerait tout et qu'elle lui consacrerait. Il lui procurerait un état civil ainsi qu'à son fils. Mais après? Après, il y aurait peut-être un autre enfant auquel il devrait donner son nom à lui. Il en éprouvait un attendrissement profond, puis une inquiétude intolérable. L'attendrissement se situait dans un monde hors du temps comme à Belembouke, l'inquiétude dans le monde où il allait retourner. Le second ne pardonnait pas à l'autre; s'il en décelait l'existence, il l'absorbait dans son temps chiffré, son espace quadrillé, et ses cartes de géographie aussi policières que les cartes d'identité.

Villers rapportait avec lui tout ce qu'il fallait pour assujettir cette région mystérieuse au territoire de l'administration. Les fonctionnaires du recensement y feraient leur apparition, suivis d'un collecteur d'impôts. Puis viendrait le curé ou le pasteur, les deux peut-être en même temps (c'était encore la compétition évangélique. Le premier arrivé s'attribuait le gâteau, mais dans ce domaine fraternel, la politesse n'était pas de mise et le second lui disputait les morceaux). Les missionnaires s'improviseraient instituteurs jusqu'au jour où l'État, un peu moins démuni, s'aviserait d'en envoyer un vrai qui aurait pour mission de faire concurrence au sorcier et aux prêtres. Beaucoup plus tard, le médecin, qu'on aurait dû dépêcher le premier, s'installerait et disputerait à tous les autres leur réputation. La région serait habitée, et bien habitée.

Les gens de Belembouke allaient sans doute s'étonner de ce départ clandestin du Blanc qui ne leur avait pas adressé le salut du voyageur. Ils penseraient qu'il avait eu peur de la malédiction du bâton. Ils n'imagineraient pas les conséquences de sa visite : les registres qui remplaceraient la mémoire, les bulletins de vote qui élimineraient les coquillages, les signatures qui vaudraient moins que la parole donnée, les accouplements administrés comme des sacrements, le sacré mis en livres de recettes, le tout accompagné des vapeurs de l'alcool et de la politique, sans oublier le beau tissu de plusieurs couleurs, accroché à un autre bâton de sorcellerie, qu'on planterait dans le sable de Belembouke pour apprendre enfin à ses habitants ce qu'ils étaient. Mais ce ne serait pas pour demain. Les chemins de Dieu, à plus forte raison ceux de l'État, doivent se soumettre aux étapes terrestres. Et quel serait le profit de l'opération? Les choses se passeraient peut-être différemment : on attirerait vers les régions habitées les «hors-la-loi», au besoin on les déplacerait de force dans leur intérêt et dans celui de l'économie nationale. On les élèverait au rang d'ouvriers. Kitany remariée avec un mineur habiterait une case en ciment coiffée de tôle, et elle aurait beaucoup d'enfants dont l'un se ferait remarquer par une peau plus claire...

Villers, exténué, s'endormit sur cette image. Il fut réveillé par les porteurs impatients de repartir. Mais il fallait commencer par assurer la subsistance : on remplit d'eau les bidons vides, on récolta des baies d'arbres et l'on tua quelques perroquets. Puis Villers s'orienta à la boussole, situant Belembouke par rapport au campement. D'un geste impérieux du bras, comme s'il se donnait l'ordre à lui-même, il indiqua la direction et, le dernier de la colonne, le regard tendu vers les branches, les racines et les pierres, il tourna le dos au village.

Les hommes marchaient avec vaillance. Villers, bien qu'il fût moins chargé qu'eux, semblait peiner pour les suivre. Parfois, il portait la main sur l'un de ses flancs et son visage se crispait. Tsivoloa qui précédait ou suivait chacun de ses pas, s'en aperçut.

— Tu as mal au ventre, chef?

— Non.

— Alors pourquoi tu fais comme ça avec tes mains sur ton ventre?

— Pour rien.

Tsivoloa n'insista pas, mais n'en fut que plus attentif aux gestes de Villers. A la halte de midi, celui-ci ne put s'empêcher d'ôter sa chemise et de vérifier l'état de sa plaie. Sous le pansement, la chair s'était gonflée et les élancements de la douleur rayonnaient sur tout le ventre. Villers défit la charpie et constata qu'un abcès s'était formé. Il n'avait pas essayé de se cacher, il fallait bien qu'il se fît aider pour percer l'abcès, débrider la plaie et la désinfecter. Il fallait bien aussi qu'il expliquât aux autres hommes sa décision de ne pas aller plus loin ce jour-là. Quand il transmit ses ordres à Anako, il sentit combien il le décevait : les porteurs étaient prêts à toutes les prouesses pour rentrer plus vite. Le camp fut installé à l'ombre de feuillages métallisés d'où pendaient des fleurs rouges bardées d'épines. Villers s'isola avec Tsivoloa. Il dut se mettre debout pour être en mesure de manier le scalpel. Tsivoloa eut une expression de peur en découvrant l'abcès :

— Comment toi faire ça?

Villers ne lui répondit pas, mais avec rudesse lui signifia d'avoir à tenir en main la trousse médicale. Quand il incisa la peau tuméfiée d'un mouvement précis et prompt, Tsivoloa ferma les yeux. Villers aussitôt après, sous le coup de la douleur, dut s'appuyer au jeune homme.

— Tu as mal, chef?

— Non.

La plaie purulente fut nettoyée à l'alcool et Villers s'assit pour supporter la brûlure, non sans tordre son corps et crisper ses doigts sur le rocher. Tsivoloa, agenouillé à côté de lui, répétait :

— Le chef a mal?

et il essuyait avec un mouchoir le visage en sueur qui ne disait plus que la volonté de ne pas crier. Lorsque la plaie fut de nouveau cachée sous un pansement, Villers resta couché, et Tsivoloa s'allongea à côté de lui. Les deux hommes s'assoupirent, du moins Villers ferma-t-il les yeux. Mais dès qu'il les rouvrit, Tsivoloa, qui avait dû veiller sur lui, approcha son visage du sien et comme un secret lui dit :

— Kitany méchante contre toi, parce que toi parti.

Villers ne réagit pas. Un nouveau long silence le sépara de Tsivoloa, puis la voix du jeune homme résonna encore, mais davantage estompée :

— Tsivoloa avec toi. Tsivoloa gentil.

Et il posa sa bouche sur le pansement, avec précaution et respect.

Le soleil se coucha, comme d'habitude très vite dans un éclaboussement de couleurs qui faisait croire à une chute sanglante. Le silence en paraissait d'autant plus inquiétant. C'était le moment où le feu des hommes relayait le soleil, où les chants exorcisaient les ténèbres de la forêt. Villers, tremblant de fièvre, voyait à travers les flammes le corps de Kitany. Elle ne savait pas encore qu'il avait manqué à sa parole, elle était sûre qu'il reviendrait. Elle l'attendait près du feu avec son enfant, le paralytique, les chiens...

Les hommes chantaient :

Nous allons rentrer dans notre village,
Le chef va nous donner de l'argent.

« Quelle confiance », se disait Villers. « Et si je n'avais plus rien à leur donner? Qu'est-ce qu'ils feraient? Me puniraient-ils? Et comment me puniraient-ils? »

Chacun, comme la veille, annonça ce qu'il achèterait avec l'argent qu'il aurait reçu. Tsivoloa ne s'était pas mêlé au chœur. Couché près de Villers, il dit d'une voix forte :

— Moi, je ne rentrerai pas dans mon village, j'irai dans la Grande Ville.

Villers fit comme s'il ne l'entendait pas. Et il pensa :

« Et moi, dans la Grande Ville, qu'est-ce qui va m'arriver? On sera bien obligé de me donner raison. Je confondrai ceux qui se sont moqués de mes idées. La presse en parlera. Et mon livre, dans quelques mois, sera un événement. Un événement? Quelle prétention! Mais je n'ai risqué l'aventure que pour cela. Par prétention. Je prétends être un découvreur, je prétends prouver par ma découverte que mon intuition était juste, je prétends être un vrai savant, je prétends qu'on effacera la mention « Région inhabitée » sur la carte, et que mon nom figurera dans les manuels d'histoire du pays... Kitany, je prétends que je t'ai aimée, Kitany, il faut me pardonner, je ne pouvais pas faire autrement, Kitany... »

Il parlait à haute voix. Tsivoloa se pencha vers lui.

— N'appelle pas Kitany. Kitany méchante.

— Ta gueule!

Villers cria si fort que Tsivoloa eut peur et que les hommes se tournèrent vers lui, cessant de chanter. Ils reprirent leur mélopée quelques minutes plus tard :

Le chef a mal à son ventre.
Pourquoi le chef a mal à son ventre?
S'il est plus fort que les mauvais esprits
Il va guérir son mal.

Villers dit à Tsivoloa :

— Explique-leur que j'ai mal pour qu'ils n'aient pas mal et toi non plus. C'est parce que je n'ai pas peur des mauvais esprits. Je lutte seul contre eux. Dis-leur que s'ils partaient sans moi dans la forêt, ils auraient mal à leur ventre.

Le mot mal revenait sans cesse. Quel autre mot pouvait-on lui substituer? Il était irremplaçable.

Tandis que Tsivoloa transmettait les paroles aux porteurs silencieux, Villers soupirait sans se faire entendre, comme s'il se soulageait :

— Oui, j'ai mal, j'ai mal.

Les hommes s'allongèrent pour dormir. Tsivoloa se coucha à mi-chemin d'eux et de Villers qui, les yeux captivés par le foyer encore rougeoyant, fuyait son avenir :

« On n'a jamais donné à aucun rouge le nom de la braise. C'est que ce n'est pas un rouge, mais ce n'est pas un rose, mais ce n'est pas un orange, c'est quelque chose qui ne se définit pas, avec une petite vapeur au-dessus de la couleur. Belembouke est couleur de braise. Là-bas on apprivoise la braise, les sorciers la mangent. C'est la vraie vie, la braise. Entre les flammes et la cendre : un foyer. Le corps de Kitany dans la nuit reflète la braise. Kitany m'attend près de la braise... »

Il ferma les yeux, la braise remplissait sa tête. Elle ne disparut qu'avec les roseurs du soleil levant qui le firent émerger de la fièvre. Tsivoloa lui présentait un gobelet. Il but d'un seul trait et son regard croisa celui de son garde-du-corps. Il lui sourit avec amitié.

Les porteurs étaient déjà debout, ils observaient le chef. Avait-il vaincu les mauvais esprits pendant la nuit? Villers savait qu'il ne pouvait se permettre aucune erreur. Sa fièvre était tombée, mais ses jambes ne le portaient pas. Il lui serait impossible de marcher. Il dit à Anako, comme une chose toute normale, que l'on repartirait le lendemain. Il passerait la journée à achever de mettre en déroute les mauvais esprits pour que le reste du voyage fût sans le moindre risque. Il ajouta :

— Vous pouvez aller chasser.

Mais les hommes préférèrent demeurer au camp. Villers refit son pansement et constata que l'infection avait été arrêtée. Il s'en tirerait avec une belle cicatrice qui aurait peut-être la forme des lèvres de Kitany. Les porteurs jouaient à un jeu de hasard en se servant de cailloux. Tsivoloa somnolait d'un œil sans se mêler aux activités des autres. Villers se glissa sous les branches basses d'un énorme buisson hérissé de fers de lance, et il ne vit plus du monde que la bande ensoleillée qui se trouvait écrasée entre le rempart de feuilles et la roche. Kitany saurait demain soir qu'il ne reviendrait pas. Kitany saurait qu'il lui avait menti. Le mot mensonge n'existait pas à Belembouke. Mais on y mentait comme partout. Non. Pas comme partout. Est-ce qu'on lui avait menti là-bas? Même pas le sorcier qui l'avait traité avec insolence et désigné publiquement aux mauvais esprits, même pas les filles dépitées dont il s'était attiré les moqueries. Un seul habitant de Belembouke avait menti, et c'était le Blanc qui l'avait conduit au mensonge. Kitany à laquelle il avait menti deux fois, pour se l'attacher puis pour s'en défaire, était la loyauté même. Ses silences avaient la vertu des gestes. Ses gestes n'étaient que des façons de provoquer ou d'invoquer. Mais lui, Villers, de retour dans les régions habitées, il pourrait proclamer la vérité scientifique, il rapportait tout ce qu'il fallait pour que personne ne pût en douter.

« Mission accomplie », comme disent les soldats à leurs supérieurs dont le dernier des soucis est de savoir ce qui s'est passé au cours de la mission. Mais aucune autorité ne l'avait chargé de quoi que ce fût, il ne devait rendre de comptes qu'à lui-même. C'était le plus difficile. Il avait découvert un gisement. Un gisement intéressant pour la nomenclature mais trop pauvre pour justifier une exploitation. Oui, voilà ce qu'il était : un prospecteur qui traite les hommes comme du minerai. Quelques coups de pioche, quelques regards à la loupe, quelques notes dans un cahier. Aucun échantillon dans les bagages, ç'aurait été trop lourd, trop encombrant. On le croirait sur documents, sur parole... Sur parole? Mais il y avait une parole bonne pour les habitants de Belembouke et une parole bonne pour les autres. Il n'y avait donc que de fausses paroles. Et on ne le croirait pas, dans les régions habitées, quand il affirmerait que le gisement ne méritait pas d'être mis au jour. Belembouke serait exploité, il en était sûr. Un seul homme, un homme seul qu'on découvre, et l'exploitation commence. Qu'est-ce qu'il avait fait, lui, en découvrant Belembouke? Il s'en était servi pour son petit commerce de savant. On ne peut pas se cracher à la figure. C'est dommage.

L'ouverture sur le monde, entre le toit de feuilles et le sol, s'assombrissait. Villers sortit de sa tanière en rampant. Les hommes venaient d'allumer le feu, ils préparaient la nourriture du soir. Tsivoloa avait trouvé un scorpion. Il le jeta dans les flammes et rit de l'entendre grésiller.

— Le chef a toujours mal à son ventre?

— Il a moins mal. Demain, guéri.

Tsivoloa traduisit. Les porteurs manifestèrent leur joie par des exclamations. Villers partagea avec eux la viande de perroquet, les fruits et l'eau. Le soleil, après avoir paru s'accrocher dans le fouillis des branches, s'était brusquement abattu. Le ciel au-dessus des cimes était encore mauve lorsque les premières étoiles y firent leur apparition. D'autres étoiles scintillèrent à travers les arbres : des singes étaient venus au spectacle.

Villers s'empara du sac qui contenait ses documents. Sans se hâter, il le vida. Il en fit l'inventaire, mit d'un côté les films, les rouleaux de photos et les bobines d'enregistrement, de l'autre côté les cahiers de notes et de croquis. Il commença à dévider les films et pria Tsivoloa de l'imiter. Le jeune homme ne demanda pas d'explication. Bientôt, les pellicules et les bandes magnétiques accumulées les unes sur les autres, embrouillées, firent un énorme tas. Villers les prit dans ses bras. On entendit un bruit de feuilles sèches froissées. D'un geste de débardeur, il les jeta sur le feu. Ce fut un crépitement puis une sorte de souffle où s'embrasa la matière échevelée, et les flammes furent soudain si hautes qu'elles atteignirent les rameaux d'un arbre qui craquèrent à leur tour et projetèrent dans la nuit des flammèches. Les singes effrayés s'enfuirent en criant. Les porteurs, debout, silencieux, regardaient sans comprendre.

Tsivoloa seul osa parler :

— Pourquoi le chef faire comme ça?

Villers, sans élever la voix, répondit :

— Parce que le chef veut.

Tsivoloa ne dit plus rien. Villers prit alors tous ses cahiers, et les déchirant, les froissant, il les posa sur les résidus de pellicules d'où s'exhalait une odeur de pharmacie. De nouveau, les flammes montèrent, mais beaucoup moins hautes, cette fois-ci. Les formes des cahiers avaient été respectées par le feu, et c'étaient des cendres figées qui rappelaient le volume des papiers vivants. Villers, d'un long bâton, remua les restes, alors tout s'effondra, se désagrégea, révélant au cœur des cahiers quelques pages encore rouges qui achevèrent aussitôt de se consumer. Il ordonna à Tsivoloa de vider les sacs où avaient été entassés les objets ethnographiques, et le feu reprit de plus belle.

Villers surveillait l'autodafé, l'entretenait, le dirigeait de son bâton qui soulevait les objets pour hâter leur anéantissement. Il transpirait de tout son corps, les mains noires de cendres, le visage taché par la fumée. Son bâton s'enflamma, il le lâcha et le poussa du pied dans le brasier, puis il s'assit, le regard aspiré par le travail du feu.

Les hommes s'étaient endormis sans chanter et Tsivoloa, en silence, s'était rapproché de Villers. Quand le foyer charbonna et que la figure du chef ne fut plus qu'une masse incertaine dans le gris de la lune, il dit :

— Les mauvais esprits contents maintenant. Nous pouvoir partir?

Villers avec douceur lui toucha l'épaule :

— Oui. Les mauvais esprits, fini.

Tsivoloa, après avoir posé ses lèvres sur le flanc malade de Villers, s'allongea près de lui et s'endormit. Villers veilla toute la nuit. Les porteurs, en se levant, le trouvèrent déjà prêt à partir. Par son attitude, il prouvait qu'il avait vaincu les forces maléfiques.

On marcha toute la journée. Il fallait atteindre le soir une des sources qui ne fût pas celle où se ravitaillaient les habitants de Belembouke. Les hommes, moins chargés, avançaient plus vite que la veille. Villers se sentait porté par ses jambes comme par une machine qui ne lui appartenait pas. Plusieurs fois, il buta du pied contre une racine, et Tsivoloa l'empêcha de tomber.

Dès que le campement fut installé sur une plate-forme d'où l'on surplombait la crevasse, les hommes descendirent par les éboulis de rochers pour puiser de l'eau. C'était la source que Villers avait appelée Hélène. Il s'en souvint avec dérision. Un seul nom retentissait en lui, maintenant, et qui lui servirait à désigner autre chose qu'une source au fond d'un gouffre.

Les hommes, après le repas, s'étaient réunis autour du feu. Ils chantaient :

Le chef a tué les mauvais esprits
Nous allons rentrer dans notre village
Et nous aurons beaucoup d'argent.

La sacoche dont Villers ne se séparait pas contenait pour lui bien plus que sa fortune, les seuls témoignages qu'il s'était donné le droit de ne pas détruire et qu'il ne partagerait avec personne : la voix de Kitany, l'image de Kitany, le collier de Kitany, le secret et le rêve, une certitude aussi. Il s'endormit, les mains posées sur les bobines et les films, le collier enroulé autour d'un de ses poignets. Réveillé dès l'aube, il demeura couché et considéra longuement les objets qu'il caressait des doigts et la faille que le soleil assiégeait sans pouvoir y pénétrer. La lumière éclaboussait les roches de l'orifice, s'accrochait aux buissons incrustés, en faisait une couronne de corail. Les parois verticales se perdaient cent mètres plus bas dans une confusion de cimes noires. Quelques perroquets y plongeaient ou en émergeaient. Leurs jacassements répercutés sur les murailles étaient étouffés par les flots de feuillage. Villers se leva soudain, saisit les rouleaux, les bobines et, le corps bien droit, d'un geste prompt, il les précipita dans le gouffre où ils étincelèrent une seconde et disparurent aspirés, anéantis par la distance avant de l'être par les ténèbres. Le collier n'en finissait pas de se détacher du poignet. Villers se pencha au-dessus de l'abîme. On aurait dit qu'il allait y basculer. Puis il eut un mouvement de recul très vif, brisa le fil, et projeta les coquillages dans le vide en tournant son visage de l'autre côté.

Tsivoloa qui l'avait escorté sans qu'il s'en fût aperçu, le regardait faire, immobile, inquiet. Cet homme serait-il donc toujours là pour l'empêcher d'oublier? Il faudrait se débarrasser de lui, de son dévouement, de sa fraternité. Un mensonge de plus et ce serait réglé.

— Le chef a encore mal?

— Non, répondit Villers qui souffrait.

Lorsque la colonne s'ébranla, il prit par le bras celui dont il savait qu'il se séparerait dans un nouveau déchirement. Tsivoloa, heureux de la confiance enfin acquise, chantait :

Le chef va m'emmener avec lui.

Et Villers pensait :

« Toi aussi, je t'abandonnerai, puisque la région est inhabitée. »

ŒUVRES DE ROBERT MALLET

Aux Éditions Gallimard

Poésie

LES SIGNES DE L'ADDITION

LAPIDÉ LAPIDAIRE

MAHAFALIENNES

LE POÈME DU SABLIER

LA ROSE EN SES REMOUS

QUAND LE MIROIR S'ÉTONNE

SILEX ÉCLATÉ (Grand prix de Poésie de l'Académie française)

L'ESPACE D'UNE FENÊTRE

LE FORGERON ME L'AVAIT DIT

L'OMBRE CHAUDE

PRESQU'ÎLES PRESQU'AMOURS

QUAND LE MIROIR S'ÉTONNE *suivi de* SILEX ÉCLATÉ *et de* L'ESPACE D'UNE FENÊTRE (Poésie/Gallimard)

CETTE PLUME QUI TOURNOIE

ELLYNN

Théâtre

L'ÉQUIPAGE AU COMPLET

Essais et critique

UNE MORT AMBIGUË (Prix de la Critique)

ENTRETIENS AVEC PAUL LÉAUTAUD

JARDINS ET PARADIS

Réflexions

APOSTILLES

Préfaces et notes pour :

CORRESPONDANCE CLAUDEL-GIDE

CORRESPONDANCE SUARÈS-CLAUDEL

CORRESPONDANCE VALÉRY-GIDE

CORRESPONDANCE JAMMES-GIDE

Chez d'autres éditeurs

LES POÈMES DU FEU *(L'Ancre d'or)*

AMOUR, MOT DE PASSE *(Seghers)*

L'ÉGOÏSTE CLÉ *(Robert Laffont)*

DE TOUTES LES DOULEURS *(Robert Laffont)*

FRANCIS JAMMES, SA VIE, SON ŒUVRE *(Mercure de France)*

ÉLOGE DE JEAN LURÇAT *(Manuel Bruker)*

SATIRE EN TROIS TEMPS, CINQ MOUVEMENTS *(l'Avant-Scène)*

MOTS PRINCIERS, avec un frontispice de Jean BERTHOLLE *(Pierre Fanlac)*

COLLECTION FOLIO

Dernières parutions

2096.	Henri Vincenot	*Le maître des abeilles (Chronique de Montfranc-le-Haut).*
2097.	David Goodis	*Vendredi 13.*
2098.	Anatole France	*La Rôtisserie de la Reine Pédauque.*
2099.	Maurice Denuzière	*Les Trois-Chênes.*
2100.	Maurice Denuzière	*L'adieu au Sud.*
2101.	Maurice Denuzière	*Les années Louisiane.*
2102.	D. H. Lawrence	*Femmes amoureuses.*
2103.	XXX	*Déclaration universelle des droits de l'homme.*
2104.	Euripide	*Tragédies complètes,* tome I.
2105.	Euripide	*Tragédies complètes,* tome II.
2106.	Dickens	*Un conte de deux villes.*
2107.	James Morris	*Visa pour Venise.*
2108.	Daniel Boulanger	*La dame de cœur.*
2109.	Pierre Jean Jouve	*Vagadu.*
2110.	François-Olivier Rousseau	*Sébastien Doré*
2111.	Roger Nimier	*D'Artagnan amoureux.*
2112.	L.-F. Céline	*Guignol's band, I. Guignol's band, II (Le pont de Londres).*
2113.	Carlos Fuentes	*Terra Nostra,* tome II.
2114.	Zoé Oldenbourg	*Les Amours égarées.*
2115.	Paule Constant	*Propriété privée.*
2116.	Emmanuel Carrère	*Hors d'atteinte?*
2117.	Robert Mallet	*Ellynn.*
2118.	William R. Burnett	*Quand la ville dort.*
2119.	Pierre Magnan	*Le sang des Atrides.*

2120.	Loti	*Ramuntcho.*
2121.	Annie Ernaux	*Une femme.*
2122.	Peter Handke	*Histoire d'enfant.*
2123.	Christine Aventin	*Le cœur en poche.*
2124.	Patrick Grainville	*La lisière.*
2125.	Carlos Fuentes	*Le vieux gringo.*
2126.	Muriel Spark	*Les célibataires.*
2127.	Raymond Queneau	*Contes et propos.*
2128.	Ed McBain	*Branle-bas au 87.*
2129.	Ismaïl Kadaré	*Le grand hiver.*
2130.	Hérodote	*L'Enquête,* livres V à IX.
2131.	Salvatore Satta	*Le jour du jugement.*
2132.	D. Belloc	*Suzanne.*
2133.	Jean Vautrin	*Dix-huit tentatives pour devenir un saint.*
2135.	Sempé	*De bon matin.*
2136.	Marguerite Duras	*Le square.*
2138.	Raymond Carver	*Les trois roses jaunes.*
2139.	Marcel Proust	*Albertine disparue.*
2140.	Henri Bosco	*Tante Martine.*
2141.	David Goodis	*Les pieds dans les nuages.*
2142.	Louis Calaferte	*Septentrion.*
2143.	Pierre Assouline	*Albert Londres.*
2144.	Jacques Perry	*Alcool vert.*
2145.	Groucho Marx	*Correspondance.*
2146.	Cavanna	*Le saviez-vous? (Le petit Cavanna illustré).*
2147.	Louis Guilloux	*Coco perdu (Essai de voix).*
2148.	J.M. G. Le Clézio	*La ronde (et autres faits divers).*
2149.	Jean Tardieu	*La comédie de la comédie* suivi de *La comédie des arts* et de *Poèmes à jouer.*
2150.	Claude Roy	*L'ami lointain.*
2151.	William Irish	*J'ai vu rouge.*
2152.	David Saul	*Paradis Blues.*
2153.	Guy de Maupassant	*Le rosier de Madame Husson.*
2154.	Guilleragues	*Lettres portugaises.*
2155.	Eugène Dabit	*L'Hôtel du Nord.*
2156.	François Jacob	*La statue intérieure.*
2157.	Michel Déon	*Je ne veux jamais l'oublier.*

2158.	Remo Forlani	*Tous les chats ne sont pas en peluche.*
2159.	Paula Jacques	*L'héritage de tante Carlotta.*
2161.	Marguerite Yourcenar	*Quoi? L'Éternité (Le labyrinthe du monde, III).*
2162.	Claudio Magris	*Danube.*
2163.	Richard Matheson	*Les seins de glace.*
2164.	Emilio Tadini	*La longue nuit.*
2165.	Saint-Simon	*Mémoires.*
2166.	François Blanchot	*Le chevalier sur le fleuve.*
2167.	Didier Daeninckx	*La mort n'oublie personne.*
2168.	Florence Delay	*Riche et légère.*
2169.	Philippe Labro	*Un été dans l'Ouest.*
2170.	Pascal Lainé	*Les petites égarées.*
2171.	Eugène Nicole	*L'Œuvre des mers.*
2172.	Maurice Rheims	*Les greniers de Sienne.*
2173.	Herta Müller	*L'Homme est un grand faisan sur terre.*
2174.	Henry Fielding	*Histoire de Tom Jones, enfant trouvé,* I.
2175.	Henry Fielding	*Histoire de Tom Jones, enfant trouvé,* II.
2176.	Jim Thompson	*Cent mètres de silence.*
2177.	John Le Carré	*Chandelles noires.*
2178.	John Le Carré	*L'appel du mort.*
2179.	J. G. Ballard	*Empire du Soleil.*
2180.	Boileau-Narcejac	*Le contrat*
2181.	Christiane Baroche	*L'hiver de beauté*
2182.	René Depestre	*Hadriana dans tous mes rêves*
2183.	Pierrette Fleutiaux	*Métamorphoses de la reine*
2184.	William Faulkner	*L'invaincu*
2185.	Alexandre Jardin	*Le Zèbre*
2186.	Pascal Lainé	*Monsieur, vous oubliez votre cadavre*
2187.	Malcolm Lowry	*En route vers l'île de Gabriola*
2188.	Aldo Palazzeshi	*Les sœurs Materassi*
2189.	Walter S. Tevis	*L'arnaqueur*
2190.	Pierre Louÿs	*La Femme et le Pantin*
2191.	Kafka	*Un artiste de la faim* et autres récits (Tous les textes parus du vivant de Kafka II)

2192.	Jacques Almira	*Le voyage à Naucratis*
2193.	René Fallet	*Un idiot à Paris*
2194.	Ismaïl Kadaré	*Le pont aux trois arches*
2195.	Philippe le Guillou	*Le dieu noir (Chronique romanesque du pontificat de Miltiade II pape du XIXe siècle)*
2196.	Michel Mohrt	*La maison du père* suivi de *Vers l'Ouest (Souvenirs de jeunesse)*
2197.	Georges Perec	*Un homme qui dort*
2198.	Guy Rachet	*Le roi David*
2199.	Don Tracy	*Neiges d'antan*
2200.	Sempé	*Monsieur Lambert*
2201.	Philippe Sollers	*Les Folies Françaises*
2202.	Maurice Barrès	*Un jardin sur l'Oronte*
2203.	Marcel Proust	*Le Temps retrouvé*
2204.	Joseph Bialot	*Le salon du prêt-à-saigner*
2205.	Daniel Boulanger	*L'enfant de bohème*
2206.	Noëlle Châtelet	*A contre-sens*
2207.	Witold Gombrowicz	*Trans-Atlantique*
2208.	Witold Gombrowicz	*Bakakaï*
2209.	Eugène Ionesco	*Victimes du devoir*
2210.	Pierre Magnan	*Le tombeau d'Hélios*
2211.	Pascal Quignard	*Carus*
2212.	Gilbert Sinoué	*Avicenne (ou La route d'Ispahan)*
2213.	Henri Vincenot	*Le Livre de raison de Glaude Bourguignon*
2214.	Emile Zola	*La Conquête de Plassans*
2216.	Térence	*Théâtre complet*
2217.	Vladimir Nabokov	*La défense Loujine*
2218.	Sylvia Townsend Warner	*Laura Willowes*
2219.	Karen Blixen	*Les voies de la vengeance*
2220.	Alain Bosquet	*Lettre à mon père qui aurait eu cent ans*
2221.	Gisèle Halimi	*Le lait de l'oranger*
2222.	Jean Giono	*La chasse au bonheur*
2223.	Pierre Magnan	*Le commissaire dans la truffière*
2224.	A.D.G.	*La nuit des grands chiens malades*
2226.	Albert Camus	*Lettres à un ami allemand*
2227.	Ann Quin	*Berg*

2228. Claude Gutman	*La folle rumeur de Smyrne*
2229. Roger Vrigny	*Le bonhomme d'Ampère*
2230. Marguerite Yourcenar	*Anna, soror...*
2231. Yukio Mishima	*Chevaux échappés (La mer de la fertilité, II)*
2232. Jorge Amado	*Les chemins de la faim*
2233. Boileau-Narcejac	*J'ai été un fantôme*
2234. Dashiell Hammett	*La clé de verre*
2235. André Gide	*Corydon*
2236. Frédéric H. Fajardie	*Une charrette pleine d'étoiles*
2237. Ismaïl Kadaré	*Le dossier H.*
2238. Ingmar Bergman	*Laterna magica*
2239. Gérard Delteil	*N'oubliez pas l'artiste!*
2240. John Updike	*Les sorcières d'Eastwick*
2241. Catherine Hermary-Vieille	*Le Jardin des Henderson*
2242. Junichirô Tanizaki	*Un amour insensé*
2243. Catherine Rihoit	*Retour à Cythère*
2244. Michel Chaillou	*Jonathamour*
2245. Pierrette Fleutiaux	*Histoire de la chauve-souris*
2246. Jean de La Fontaine	*Fables*
2247. Pierrette Fleutiaux	*Histoire du tableau*
2248. Sylvie Germain	*Opéra muet*
2249. Michael Ondaatje	*La peau d'un lion*
2250. J.-P. Manchette	*Le petit bleu de la côte Ouest*
2251. Maurice Denuzière	*L'amour flou*
2252. Vladimir Nabokov	*Feu pâle*
2253. Patrick Modiano	*Vestiaire de l'enfance*
2254. Ghislaine Dunant	*L'impudeur*
2255. Christa Wolf	*Trame d'enfance*
2256. XXX	*Les Mille et Une Nuits*, I
2257. XXX	*Les Mille et Une Nuits*, II
2258. Leslie Kaplan	*Le pont de Brooklyn*
2259. Richard Jorif	*Le burelain*
2260. Thierry Vila	*La procession des pierres*
2261. Ernst Weiss	*Le témoin oculaire*
2262. John Le Carré	*La Maison Russie*
2263. Boris Schreiber	*Le lait de la nuit*
2264. J.M.G. Le Clézio	*Printemps et autres saisons*
2265. Michel del Castillo	*Mort d'un poète*

2266. David Goodis — *Cauchemar*
2267. Anatole France — *Le Crime de Sylvestre Bonnard*
2268. Plantu — *Les cours du caoutchouc sont trop élastiques*
2269. Plantu — *Ça manque de femmes!*
2270. Plantu — *Ouverture en bémol*
2271. Plantu — *Pas nette, la planète!*
2272. Plantu — *Wolfgang, tu feras informatique!*
2273. Plantu — *Des fourmis dans les jambes*
2274. Félicien Marceau — *Un oiseau dans le ciel*
2275. Sempé — *Vaguement compétitif*
2276. Thomas Bernhard — *Maîtres anciens*
2277. Patrick Chamoiseau — *Solibo Magnifique*
2278. Guy de Maupassant — *Toine*
2279. Philippe Sollers — *Le lys d'or*
2280. Jean Diwo — *Le génie de la Bastille (Les Dames du faubourg, III)*
2281. Ray Bradbury — *La solitude est un cercueil de verre*
2282. Remo Forlani — *Gouttière*
2283. Jean-Noël Schifano — *Les rendez-vous de Fausta*
2284. Tommaso Landolfi — *La bière du pecheur*
2285. Gogol — *Taras Boulba*
2286. Roger Grenier — *Albert Camus soleil et ombre*
2287. Myriam Anissimov — *La soie et les cendres*
2288. François Weyergans — *Je suis écrivain*
2289. Raymond Chandler — *Charades pour écroulés*
2290. Michel Tournier — *Le médianoche amoureux*
2291. C.G. Jung — *« Ma vie » (Souvenirs, rêves et pensées)*
2292. Anne Wiazemsky — *Mon beau navire*
2293. Philip Roth — *La contrevie*
2294. Rilke — *Les Carnets de Malte Laurids Brigge*
2295. Vladimir Nabokov — *La méprise*
2296. Vladimir Nabokov — *Autres rivages*
2297. Bertrand Poirot-Delpech — *Le golfe de Gascogne*
2298. Cami — *Drames de la vie courante*
2299. Georges Darien — *Gottlieb Krumm (Made in England)*
2300. William Faulkner — *Treize histoires*

2301. Pascal Quignard — *Les escaliers de Chambord*
2302. Nathalie Sarraute — *Tu ne t'aimes pas*
2303. Pietro Citati — *Kafka*
2304. Jean d'Ormesson — *Garçon de quoi écrire*
2305. Michel Déon — *Louis XIV par lui-même*
2306. James Hadley Chase — *Le fin mot de l'histoire*
2307. Zoé Oldenbourg — *Le procès du rêve*
2308. Plaute — *Théâtre complet, I*
2309. Plaute — *Théâtre complet, II*
2310. Mehdi Charef — *Le harki de Meriem*
2311. Naguib Mahfouz — *Dérives sur le Nil*
2312. Nijinsky — *Journal*
2313. Jorge Amado — *Les terres du bout du monde*
2314. Jorge Amado — *Suor*
2315. Hector Bianciotti — *Seules les larmes seront comptées*
2316. Sylvie Germain — *Jours de colère*
2317. Pierre Magnan — *L'amant du poivre d'âne*
2318. Jim Thompson — *Un chouette petit lot*
2319. Pierre Bourgeade — *L'empire des livres*
2320. Emile Zola — *La Faute de l'abbé Mouret*

Impression Brodard et Taupin,
à La Flèche (Sarthe),
le 8 novembre 1991.
Dépôt légal : novembre 1991.
Numéro d'imprimeur : 6707E-5.
ISBN 2-07-038483-7 / Imprimé en France.

54602